日本語 初級 135 個 文法 超圖解

西村惠子
山田玲奈
林 太郎 ◎合著

看圖趣味學，自學就上手！

日本に行きませんか。
（要不要去日本？）

附贈
朗讀 QR Code
+MP3

山田社

はじめに ~ Preface

學好日語文法，其實很簡單。
本書精選初學必備 135 項文法，
看圖趣味學，自學就上手，
絕對實用，讓您越學越上癮！

「什麼？！看插畫可以學文法？」
「只要一週，保證欲罷不能！」

在學習文法的路上，您是否遇到了重重障礙？例如：

1. 很想精進自己的日文文法，卻一看到書就想睡。

2. 文法書都好難懂，看到落落長的文字就坐不住，感到難以吸收。

3. 文法總是看過就忘，記也記不住。

現在起，您再也不必委屈自己！

　　本書將日文中，最基本卻最重要的文法，化作具體的生動插圖，讓學日語就像看卡通一樣，不僅理解超容易，只要短短 10 秒就記牢牢！自然吸收、自然就會用！

　　再加上豐富例句幫助記憶以及理解文法，幫您輕鬆破解日文「語順」和「單字任務」這兩大難解的謎。學日語就像看漫畫一樣，愛不釋手、通通記住！

本書特色

為初學者量身打造「文法定番」，最必學最實用

　　本書用只要開口說日語，就一定用得到的 135 個文法，為您打好基礎。包含句子的銜接、助詞的使用，以及動詞變化等等，每項都是一定要學好的重要文法，同時也為往後的升級鋪好基石！

▼

例句精簡好記，生活單字一把抓

　　文法搭配陣容紮實的會話例句來坐鎮，一項文法就給你 4 句例句，句句都簡短卻實用，易懂好學、吸收無負擔。句中搭配基礎生活單字，從文法的活用例句中學單字，交叉學習，用超效率留下深刻印象，豐富您的詞彙知識庫。

▼

打開耳朵，聆聽打造日文語感

　　隨書附贈手機隨掃即聽的 QR 碼行動學習音檔及朗讀 MP3，每個句子都有專業日籍老師錄製標準發音，仔細聆聽、跟讀句子，文句自然深入記憶。跟著朗誦句子，就能自然練成漂亮東京腔，隨口就是道地日語！

▼

文法超好懂，10 秒就記住

　　每項文法不只用文字為您清晰說明，還配上巧妙插畫將對話情境具體呈現，用對白和簡短詞彙為您點出要點。從這本開始，文法不再催眠，瞬間啟動您的右腦記憶和聯想力，短短 10 秒就能記住，過目不忘。135 個文法讓您僅僅一週吃透透，自然吸收，親身體驗學習真的可以事半功倍！

▼

專欄小補給，概念更清晰

　　書中還會適時為您說明補充說明，例如統整動詞的變化、形容詞的時態、自動詞和他動詞的不同等等，透過表格的清晰條列，讓讀者一目瞭然，想複習時也能迅速查詢瀏覽！

目次 Contents..........

Chapter 01

最困擾人的
助詞

が（主語）

描寫眼睛看得到的、耳朵聽得到的事情。「が」前面是主語。

重點　眼前看到，耳朵聽到的事物

〈生活〉對話

A 外、風が吹いていますね。

外頭正颳著風呢。

B ええ、今日はいい天気でしたが、風が強かったです
ね。

是呀，今天天氣還不錯，可是風好大喔。

眼前是颱風的景象，用「が」表示。

が

文法應用實例

下著雪。

雪が　降って　います。

🔊

★「が」前接眼睛看得到的「雪」，也就是動作「降っています」的主語。

小狗在跑。

犬が　走って　います。

🔊

田中小姐來了。

田中さんが　来ました。

🔊

※「が」前接眼睛看得到的「田中」，亦即動作「来ました」的主語。

が（對象）

track♬ 「が」前接對象，表示好惡、需要及想要得到的對象，還有能夠做的事情、明白瞭解的事物，以及擁有的物品。

〈生活〉**對話**

重點 能夠、好惡等的對象

A 夫は料理ができます。
おっと　りょうり
我先生會做菜。

B 私も、夫と一緒に時々料理します。
わたし　おっと　いっしょ　ときどきりょうり
我有時候也會和先生一起做菜。

老公怎麼啦！

用「が」表示「できます」
（能、會）的對象，是「料理」。原來是很會做菜呢！

が

文法應用實例

老師的英語很棒。

先生は　英語が　上手です。
せんせい　えいご　じょうず

★「が」前接擅長的事。

哥哥想要車子。

兄は　車が　ほしいです。
あに　くるま

★「が」前接想要的事物。

田中小姐有車。

田中さんは　車が　あります。
たなか　くるま

★「が」前接擁有的物品。

※「が」前面還可以接表示好惡、需要及明白的事物。

疑問詞＋が

 「が」也可以當作疑問詞的主語。

生活 對話

 疑問句主語

A 誰が一番早いですか。

誰是最快呢？

B 一番早い人ですか？うーん、そうですね。兄でしょう。いや、妹です。

您問誰最快嗎？嗯……我想一下……應該是哥哥吧……哦不，是妹妹才對。

兄妹兩人比賽誰擦地板的速度最快？

在還不知道是「誰」（誰）的情況下，用「が」來表示疑問詞的主語。

が

文法應用實例

哪裡痛呢？

疑問詞當主語

どこが 痛いですか。

喜歡誰呢？

だれが 好きですか。

疑問詞當主語

哪一位是山本先生？

どちらが 山本さんですか。

疑問詞當主語

文法

4 が（逆接）

track♫ 表示連接兩個對立的事物，前句跟後句內容是相對立的。可譯作「但是」。

生活 對話

A ねえ、明日は晴れるといいですね。

欸，真希望明天會是好天氣呀。

重點
逆接

B テレビでは午前は晴れですが、午後は雨ですよ。

根據電視氣象報導，上午是晴天，但是午後會下雨唷。

上午是晴天，但是下午卻下雨。

用「が」連接兩個內容對立的事物。

が

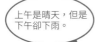

文法應用實例

林先生在，但是鈴木小姐不在。

林さんは　いますが、鈴木さんは　いません。

★林先生在，但鈴木小姐不在，「が」表示前句跟後句是對立的。

我喜歡果汁，但是不喜歡啤酒。

ジュースは　好きですが、ビールは　嫌いです。

★「好き」跟「嫌い」；「暖かい」跟「寒い」是對立的內容。

裡面雖然很暖和，但是外面很冷。

中は　暖かいですが、外は　寒いです。

Chapter1 最困擾人的助詞

文法

4 が（逆接）

track♫　表示連接兩個對立的事物，前句跟後句內容是相對立的。可譯作「但是」。

生活 對話

A ねえ、明日は晴れるといいですね。

欸，真希望明天會是好天氣呀。

重點　逆接

B テレビでは午前は晴れですが、午後は雨ですよ。

根據電視氣象報導，上午是晴天，但是午後會下雨唷。

上午是晴天，但是下午卻下雨。

用「が」連接兩個內容對立的事物。

が

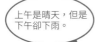

文法應用實例

林先生在，但是鈴木小姐不在。

林さんは　いますが、鈴木さんは　いません。

★林先生在，但鈴木小姐不在，「が」表示前句跟後句是對立的。

我喜歡果汁，但是不喜歡啤酒。

ジュースは　好きですが、ビールは　嫌いです。

★「好き」跟「嫌い」；「暖かい」跟「寒い」是對立的內容。

裡面雖然很暖和，但是外面很冷。

中は　暖かいですが、外は　寒いです。

文法
5 が（前置詞）

track 🎵 在向對方詢問、請求、命令之前，作為一種開場白使用。

生活 對話

A もしもし、中山ですが、田中さんはいますか。

喂，敝姓中山，請問田中先生在嗎？

B えっと、田中はちょっと風邪で休んでいるんです。

呃……田中感冒了，現在躺著休息呢。

重點 開場白

在詢問對方前先說出自己的名字。

もしもし、中山ですが

接「が」表示一種開場白。

文法應用實例

對不起…。 詢問

すみませんが…。

抱歉，打擾一下…。

ちょっと 失礼ですが…。 詢問

我不太了解…。

それは 知りませんが…。

★「が」是展開話題的緩衝語。

010

文法 6 目的語＋を

track♪ 「を」用在他動詞（人為而施加變化的動詞）的前面，表示動作的目的或對象。「を」前面的名詞，是動作所涉及的對象。

生活 對話

A 橋本さんは雨の日はいつも何をしていますか。
　請問橋本先生在雨天通常會做些什麼呢？

B そうですね、大体部屋で本を読みます。
　這個嘛，我多半會在家看書。

重點　行為的對象

下雨天是看書的好日子！看書是因為她覺得有趣，是人為的目的，所以用他動詞「読みます」（閱讀）。

「を」前面的「本」（書），是「読みます」這個動作的對象。

を

文法應用實例

閱讀報紙。
新聞を　読みます。

★「を」前面的「新聞」，是他動詞「読みます」的目的語。

看電影嗎？
映画を　見ますか。

吃了早餐。
朝ご飯を　食べました。

★「映画」、「朝御飯」是目的語，「見ます」、「食べました」是他動詞。

［通過、移動］＋を＋自動詞

表示經過或移動的場所用助詞「を」，而且「を」後面要接自動詞。自動詞有表示通過場所的「渡る（越過）、曲がる（轉彎）」。還有表示移動的「歩く（走）、走る（跑）、飛ぶ（飛）」。

生活 對話

A すみません、この近くに立派な神社があると聞いたのですが。

不好意思，聽說這附近有一座氣派雄偉的神社？

B はい、ありますよ。この道をまっすぐ歩いていってください。

對，沒錯。請沿這條路直走就到了。

重點 經過或移動的場所

「歩きます」（走…）這個動詞是自動詞喔！

經過的地方是道路，用「を」表示。

を

文法應用實例

走路。

道を 歩きます。

飛機在天上飛。

飛行機は 空を 飛びます。

★「飛行機」經過的地方用「を」表示，「飛びます」是具有移動性質的自動詞。

經過學校前面。

学校の 前を 通ります。

※ 經過的地方用「を」表示，「通ります」是移動性質自動詞。

文法 8

離開點＋を

track 動作離開的場所用「を」。例如，從家裡出來或從車、船、馬及飛機等交通工具下來。

重點 動作離開的場所

生活 對話

A 毎朝7時に家を出ます。
まいあさしちじ　いえ　で

　我每天都是一大早就出門。

B どうしてですか。

　為什麼呢？

A 会社までの電車は1時間に1本しかありませんから。
かいしゃ　　　でんしゃ　いちじかん　いっぽん

　因為到公司的電車每小時只有一班。

上班、上學的時間囉！該出門啦！

を

「を」前面是離開的場所「家」！

文法應用實例

下公車。

バスを　降ります。
　　　　お

★從車子下來用具離去性質動詞「降ります」。

出門。

家を　出ます。
うち　　で

兩點離開公司。

2時に　会社を　出ます。
にじ　　かいしゃ　　で

※「を」前接離開點「会社」。「出ます」是具離去性質的自動詞。

場所＋に

「に」表示存在的場所。表示存在的動詞有「います・あります」（有、在），「います」用在自己可以動的有生命物體的人，或動物的名詞；其他，自己無法動的無生命物體名詞用「あります」。

生活 對話

A 朝の公園には何がいますか。

早晨的公園裡有什麼呢？

B 公園に猫がいます。

公園裡有貓。

重點 某人或物存在的場所

「に」前面表示物體存在的場所「公園」（公園）。

に→

が

用「が」表示存在的物體。存在的是有生命物體的「猫」（貓），所以用「います」。

 文法應用實例

庭院有貓。

庭に 猫が います。

桌上有書。

机の 上に 本が あります。

★「に」前是場所「机の上」，無生命的「本」，要用「あります」。

田中小姐在前面。

田中さんは 前に います。

★「に」前是場所「田中さんの前」，有生命的「田中さん」，用「います」。

文法 10　到達點＋に

表示動作移動的到達點。

〈生活〉對話

A いつもどうやって学校に来ますか？

你通常都怎麼來上學呢？

重點　動作的到達點

B そうですね。まず電車に乗って、次はバス、それから学校まで歩いて来ます。

嗯……先搭電車，接著轉公車，然後再走到學校。

這位上班族要乘坐什麼呢？

原來要乘坐的是「電車」（電車）。乘坐電車這個動作的到達點用「に」表示。

に

文法應用實例

搭乘電車。

電車に　乗ります。

回家。

家に　帰ります。

★「に」前接場所「家」，是動作「帰ります」的到達點。

把錢放進錢包。

お金を　財布に　入れます。

★「に」前接場所「財布」，是動作「入れます」的到達點。

時間＋に

幾點啦！星期幾啦！幾月幾號做什麼事啦！表示動作、作用的時間就用「に」。

重點
動作時間

生活 對話

A 6時に帰ると言ったのが、なぜ夜中1時に帰るの。

你不是說了6點會回來，為什麼直到凌晨1點才到家？

B さっきまで仕事をしていたので、帰りが遅くなったんだ。

因為一直工作到現在，所以回家晚了。

に→

喝得醉醺醺的先生回來了！老婆看起來很不高興的樣子。

原來時間已經是深夜1點了。表示時間的助詞用「に」。

文法應用實例

8點起床。

8時に 起きます。

★「8時」是「起きます」的時間。

12月結婚。

12月に 結婚します。

★「12月」是「結婚します」的時間。

圖書館星期一休館。

図書館は 月曜日に 休みです。

★「月曜日」是「図書館の休み」的時間。

文法 12 目的＋に

track♫　表示動作、作用的目的、目標。可譯作「去…」、「到…」。

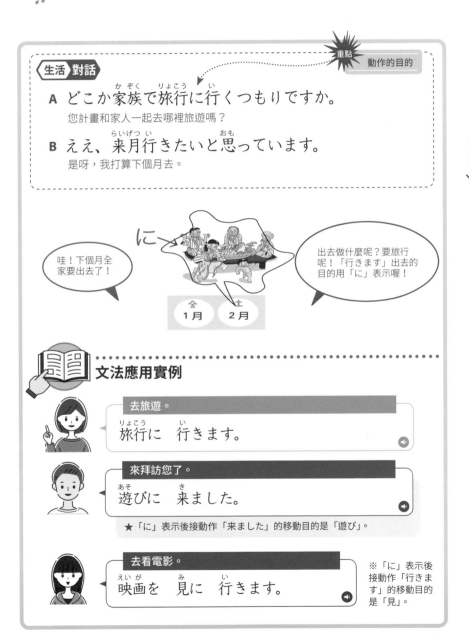

重點　動作的目的

〈生活〉對話

A どこか家族で旅行に行くつもりですか。
か ぞく　りょこう　い

您計畫和家人一起去哪裡旅遊嗎？

B ええ、来月行きたいと思っています。
らいげつ い　おも

是呀，我打算下個月去。

に

哇！下個月全家要出去了！

出去做什麼呢？要旅行呢！「行きます」出去的目的用「に」表示喔！

全
1月　　土
2月

文法應用實例

去旅遊。

旅行に　行きます。
りょこう　い

來拜訪您了。

遊びに　来ました。
あそ　き

★「に」表示後接動作「来ました」的移動目的是「遊び」。

去看電影。

映画を　見に　行きます。
えい が　み　い

※「に」表示後接動作「行きます」的移動目的是「見」。

對象（人）＋に

生活 對話

A 花子は今何をしていますか。
花子現在在做什麼？

B 友達に電話をしています。
她正在和朋友通電話。

重點　動作的對象

花子又在打電話了。

に→

打給誰呢？打電話這個動作的對象用「に」表示。原來是「友達」（朋友）。

文法應用實例

打了電話給朋友。
動作對象

友達に　電話を　しました。

在學校碰見了老師。

学校で　先生に　会いました。

★「会いました」的對象是「先生」；「聞きました」的對象是「誰」。

那是從哪裡聽來的。

それを　誰に　聞きましたか。

文法
14 時間＋に＋次數

track♪ 表示某一範圍內的數量或次數。

重點 某範圍內的次數

生活 對話

A 田中さんはスポーツは何をしますか。

田中先生平常會做那些運動呢？

B そうですね。私は泳ぎが好きです。一週間に３回、泳ぎます。

運動呢，我喜歡游泳，每週游三次。

定期做運動最有益身體了。

表示某一時間範圍內有多少次就用「に」。

に

文法應用實例

一天吃３餐。

一日に ３回、ご飯を 食べます。

★「に」前接時間詞「一日」，後接數量詞「３回」表吃飯次數。

一年旅遊一次。

一年に 一度、旅行を します。

★「に」前接時間詞「一年」，後接數量詞「一度」表旅遊次數。

一天吃一次藥。

一日に 一回、薬を 飲みます。

★「に」前接時間詞「一日」，後接數量詞「一回」表吃藥次數。

場所＋で

track♫　表示動作進行的場所。可譯作「在…」。

生活 對話

重點 場所

A お母さんはお庭にいませんか。
媽媽在院子嗎？

B いいえ、お母さんは台所で料理を作っています。
沒有，媽媽正在廚房做菜。

媽媽跟女兒在做料理呢！

で

在哪裡做呢？那就要看「で」前面的名詞囉！原來是「台所」（廚房）呢！

文法應用實例

在圖書館唸書。

図書館で　勉強します。

★「で」前接「図書館」，表示「勉強します」進行的地方。

在蔬果店買了水果。

八百屋で　果物を　買いました。

★「で」前接「八百屋」，表示「買水果」的地方。

在廚房做料理。

台所で　料理を　作ります。

★「で」前接「台所」，表示「做料理」的地方。

[方法、手段]＋で

track 🎵 表示用的交通工具，可譯作「乘坐」。也表示動作的方法、手段，可譯作「用…」。

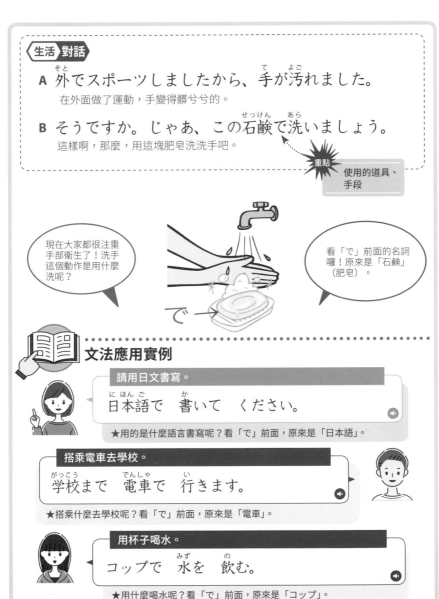

生活 對話

A 外でスポーツしましたから、手が汚れました。

在外面做了運動，手變得髒兮兮的。

B そうですか。じゃあ、この石鹸で洗いましょう。

這樣啊，那麼，用這塊肥皂洗洗手吧。

重點
使用的道具、手段

現在大家都很注重手部衛生了！洗手這個動作是用什麼洗呢？

看「で」前面的名詞囉！原來是「石鹸」（肥皂）。

で →

文法應用實例

請用日文書寫。

日本語で 書いて ください。

★用的是什麼語言書寫呢？看「で」前面，原來是「日本語」。

搭乘電車去學校。

学校まで 電車で 行きます。

★搭乘什麼去學校呢？看「で」前面，原來是「電車」。

用杯子喝水。

コップで 水を 飲む。

★用什麼喝水呢？看「で」前面，原來是「コップ」。

材料＋で

製作什麼東西時，用來表示使用的材料。可譯作「用…」。

〈生活〉對話

A トニーさん、フォークかスプーンはいりますか。

Tony，需要叉子或湯匙嗎？

B いいえ。お箸でいいです。このお箸、何で作りましたか。

不用了，筷子就可以了。請問這雙筷子是用什麼材料製作的呢？

A このお箸は木で作りました。

這筷子是用木材製成的

重點　使用的材料

で

筷子是用什麼
做的呢？

看到伐木工人了吧！
「で」前面的名詞就是做
筷子的材料，原來是用
「木」（木材）！

文法應用實例

用木材蓋了房子。

木で　家を　作りました。

用紙做了飛機。

紙で　飛行機を　作りました。

★用什麼做了飛機呢？看「で」前面，原來是「紙」。

用肉跟蔬菜做菜。

肉と　野菜で　料理を　作りました。

※ 用什麼做菜
呢？看「で」前
面，原來是「肉
と野菜」。

文法

18 理由＋で

track♫　為什麼會這樣呢？怎麼會這樣做呢？表示原因、理由。可譯作「因為…」。

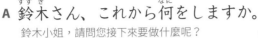

生活對話

理由

A 鈴木さん、これから何をしますか。
　鈴木小姐，請問您接下來要做什麼呢？

B そうですね、今日はたくさん練習で疲れたので、
　家に帰って休みます。
　接下來哦……今天的練習量相當足夠，我已經累了，打算回家休息。

で↓

唉啊！怎麼腰酸背痛感到疲倦呢？

看看表示原因的「で」前面，原來是為了體能更好而「練習」（練習）的關係。

 文法應用實例

因為練習而疲憊。

練習で　疲れました。

因為下雪電車停開了。

雪で　電車が　止まりました。

★為什麼電車停開了？看「で」前面，原因是「雪」（下雪了）。

昨天因為感冒在家睡覺。

昨日は　風邪で　寝て　いました。

※ 昨天為什麼在家睡覺？看「で」前面，原因是「風邪」。

數量＋で＋數量

表示數量、數量的總和。

生活 對話

A すみません、そのトマトを三つ<ruby>三<rt>みっ</rt></ruby>つください。

不好意思，請給我那邊的番茄 3 顆。

B <ruby>三<rt>みっ</rt></ruby>つで 200 <ruby>二百<rt>にひゃく</rt></ruby> グラムです。 250 <ruby>二百五十<rt>にひゃくごじゅう</rt></ruby> <ruby>円<rt>えん</rt></ruby>です。

3 顆是 200 公克，收您 250 圓。

重點 數量的總和

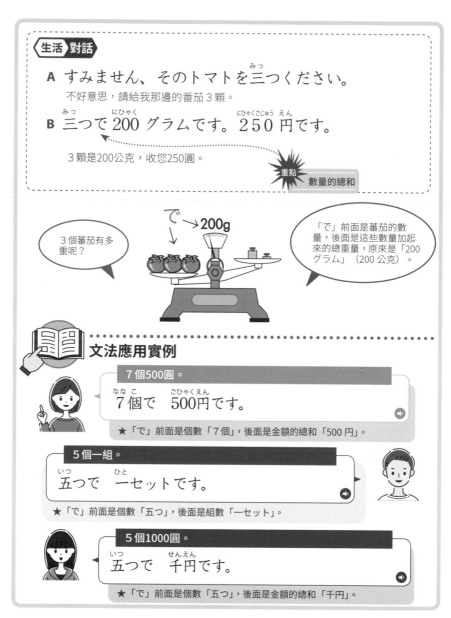

で → 200g

3 個蕃茄有多重呢？

「で」前面是蕃茄的數量，後面是這些數量加起來的總重量，原來是「200 グラム」（200 公克）。

文法應用實例

7 個 500 圓。

<ruby>7<rt>なな</rt></ruby><ruby>個<rt>こ</rt></ruby>で 500 <ruby>五百円<rt>ごひゃくえん</rt></ruby>です。

★「で」前面是個數「7 個」，後面是金額的總和「500 円」。

5 個一組。

<ruby>五<rt>いつ</rt></ruby>つで <ruby>一<rt>ひと</rt></ruby>セットです。

★「で」前面是個數「五つ」，後面是組數「一セット」。

5 個 1000 圓。

<ruby>五<rt>いつ</rt></ruby>つで <ruby>千円<rt>せんえん</rt></ruby>です。

★「で」前面是個數「五つ」，後面是金額的總和「千円」。

文法 20

[場所、方向]へ

track ♪ 前接跟地方有關的名詞，表示動作、行為的方向。同時也指行為的目的地。可譯作「往…」。

生活 對話

A 女の子はどこへ行きますか。
請問女孩要去哪裡呢？

B 叔母さんの家へ行きます。
去姨媽家。

重點 動作行為的方向

比較：
へ→強調動作的方向
に→強調到達的場所

「行きます」（去）
這個動作的目的地
在哪裡呢？

看「へ」的前面，
原來是「叔母さん
の家」（姨媽家）。

文法應用實例

到姨媽家去。
叔母の 家へ 行きます。

九點去公司上班。
9時に 会社へ 行きます。

★「行きます」的目的地是？看「へ」前面，原來是到「会社」。

一起去了教室。
いっしょに 教室へ 行きました。

★「行きました」的目的地是？看「へ」前面，原來是到「教室」。

Chapter1 最困擾人的助詞

[場所]へ[目的]に

表示移動的場所用助詞「へ」，表示移動的目的用助詞「に」。「に」的前面要用動詞「ます」形，再把「ます」拿掉，例如「買います」，就變成「買い」。

生活 對話

A 桜子ちゃん、買い物に行きましょう。
　　櫻子，一起去買東西吧。

B うん。どこへいくの。
　　好哇！要去哪裡呢？

A デパートへ買い物に行くよ。
　　要去百貨公司購物喔！

重點
到某場所做某事

要去哪裡呢？看「へ」前面知道是「デパート」（百貨公司）。

去幹什麼呢？看「に」前面知道是要「買い物」（購物）。

←へ　←に

文法應用實例

弟弟來日本玩。

弟が　日本へ　遊びに　来ました。

★「へ」前是場所「日本」，目的呢？「に」前是「遊び」啦！

去哪裡旅行呢

どこへ　旅行に　行きますか。

★「へ」前是場所「どこ」，目的呢？「に」前是「旅行」啦！

去百貨公司買東西。

デパートへ　買い物に　行きます。

22 名詞＋と＋名詞

track♫　表示幾個事物的並列。想要敘述的主要東西，全部都明確地列舉出來。
可譯作「…和…」、「…與…」。「と」大都與名詞相接。

生活 對話

A 教室に誰がいますか。
請問教室裡有哪些人呢？

B 教室に先生と生徒がいます。
教室裡有老師和學生。

重點　幾個事物的並列

教室裡有哪些人？

看「と」前後知道，這裡明確地指出有「先生」（老師）跟「生徒」（學生）。

←と→

文法應用實例

買了魚跟肉。

魚と　肉を　買いました。

★買了哪些？看「と」前後！原來是有「魚」跟「肉」啦！

吃了麵包跟蛋。

パンと　卵を　食べました。

★吃了哪些？看「と」前後！原來是有「パン」跟「卵」。

星期五和星期六都很忙。

金曜日と　土曜日は　忙しいです。

★星期幾很忙呢？從「と」知道有「金曜日」跟「土曜日」。

[對象]と（いっしょに）

track 🎵 表示一起去做某事的對象。「と」前面是一起動作的人。可譯作「跟…一起」。也可以省略「いっしょに」。

生活 對話

A 昨日の夜は何をしましたか。

請問您昨晚做了什麼呢？

> 重點
> 一起去做某事的對象

B 友だちといっしょに、お酒を飲みました。

和朋友一起暢喝了幾杯。

> 哇！喝得很過癮呢！跟誰喝酒去了呢？

> 看「といっしょに」前面的名詞，原來是「友だち」呢！

と

 文法應用實例

跟山田先生一起吃中餐。

山田さんと　昼ご飯を　食べます。

★「と」前接一起「昼ご飯を食べます」的人「山田さん」。

跟田中先生一起去看了電影。

田中さんと　映画を　見ました。

★「と」前接一起「映画を見ました」的人「田中さん」。

跟母親去買了東西。

お母さんと　買い物を　しました。

★「と」前接一起「買い物をしました」的人「お母さん」。

24 對象と

track

「と」前面接對象，表示跟這個對象互相進行某動作，如結婚、吵架或偶然在哪裡碰面等等。可譯作「跟…」。

生活 對話

A あなたの夢は何ですか。

請問你的夢想是什麼？

B 田中さんと結婚することです。

是和田中先生結婚。

重點 跟某對象互相進行某動作

哇！花子想結婚了！對象是誰呢？

と

看看「と」前面，原來是田中先生！

文法應用實例

在鎮上跟朋友碰面。

町で 友達と 会います。

★「と」前接「会います」碰面的人「友達」。

跟田中先生結婚。

田中さんと 結婚します。

★「と」前接「結婚します」的人「田中さん」。

你會跟妻子吵架嗎

奥さんと けんかしますか。

★「と」前接「けんかします」的人「奥さん」。

※ 後面要接一個人不能完成的動作，如結婚、吵架及碰面…等。

文法
25 [引用內容]と

track 「と」接在某人說的話，或寫的事物後面，表示說了什麼、寫了什麼。

生活 對話

A あそこに何が書いてありますか。
請問那裡寫的是什麼呢？

B あそこに「静かに。」と書いてあります。
那裡寫的是「請勿喧嘩」。

重點 引用

那上面寫什麼啊！

原來是「静かに。」（請安靜）。表內容用助詞「と」。

 文法應用實例

他說：「我不知道」。

彼は「わかりません。」と 言って います。

★「と」接在「彼」說話的後面，表示「彼」說了「わかりません」。

父親說：「向他問好」。

父は 彼に よろしく。」と 言って ました。

★「と」接在「父」說話的後面，表示「父」說了「彼によろしく」。

那裡寫著：「請肅靜」。

あそこに 「静かに。」と 書いて あります。

★「と」接在「あそこ」的後面，表示「あそこ」寫了「静かに」。

文法 26 場所＋から、場所＋まで

track♪ 表明空間的起點和終點，也就是距離的範圍。「から」前面的名詞是起點，「まで」前面的名詞是終點。可譯作「從…到…」。也表示各種動作、現象的起點及由來。可譯作「從…」、「由…」。

生活 對話

A 家から駅まで歩きますか。

請問你是從家裡步行到車站的嗎？

B いいえ。家から駅まで自転車です。

不，從家裡到車站是騎腳踏車。

重點 空間的起點和終點

走路這個動作的範圍是？

「から」（從）車站
「まで」（到）家。

から → まで

文法應用實例

從車站走到了家。

駅から 家まで 歩きました。

從東京到京都要花兩個小時。

東京から 京都まで 2時間 かかります。

★「かかります」的空間範圍是？「から」（從）新宿，「まで」（到）上野。

從新宿搭了電車到上野。

新宿から 上野まで 電車に 乗りました。

※「乗りました」的空間範圍是？「から」（從）東京，「まで」（到）京都。

表示時間的起點和終點，也就是時間的範圍。「から」前面的名詞是開始的時間，「まで」前面的名詞是結束的時間。可譯作「從…到…」。

生活 對話

A 土曜日はいつお暇ですか。

請問你星期六的什麼時段有空呢？

重點：時間的起點和終點

B そうですね。土曜日は 1 時から 2 時まで暇です。

我想一想……星期六的 1 點到 2 點有空。

星期六什麼時候有空呢？

から → まで

原來是中午從 1 點到 2 點有空閒呢！

 文法應用實例

従 7 月到 8 月都很忙。

7 月から　8 月まで　忙しいです。

★「忙しい」的時間範圍是？「から」（從）七月，「まで」（到）八月。

従 1 號到 3 號要去旅行。

一日から　三日まで　旅行に　行きます。

★去旅行的時間範圍是？「から」（從）1 號，「まで」（到）3 號。

---

9 點到 12 點有考試。

9 時から　12 時まで　テストが　あります。

★考試時間範圍是？「から」（從）九點，「まで」（到）十二點。

起點（人）から

track♫

表示從某對象借東西、從某對象聽來的消息，或從某對象得到東西等。
「から」前面就是這某對象。

生活 對話

A 誰から辞書を借りましたか。

請問你向誰借了辭典呢？

重點
從某對象得某物

B 山田さんから辞書を借りました。

我向山田先生借了辭典。

辭典是跟誰借的呢？

から →

「から」的前面就是囉！
原來是山田先生。

文法應用實例

跟山田先生借了辭典。

山田さんから　辞書を　借りました。

林先生打過電話來唷！

林さんから　電話が　ありましたよ。

★誰打過電話來呢？看「から」（從）前面，原來是林先生。

那件事是從父親那裡聽來的。

その　ことは　父から　聞きました。

★「そのこと」是從哪裡聽來的？看「から」（從）前面，是父親。

〜から、〜（原因）

表示原因、理由。一般用在說話人出於個人主觀理由，進行請求、命令、希望、主張及推測。是比較強烈的意志性表達。可譯作「因為…」。

生活 對話　　　　　　　　　　　　　　　重點 原因

A 暑いから、窓を 開けてください。
　　實在太熱了，麻煩將窗戶打開。

B はい、いいですよ。
　　好的。沒問題。

A ありがとうございます。助かります。
　　謝謝您，太好了！

為什麼要打開窗戶呢？

から

因為感到很熱，這是出於個人主觀的理由。

文法應用實例

因為冷，所以把窗戶關了。

寒いから、窓を 閉めました。

★為什麼「窓を閉めました」，看原因「から」前面，是「寒い」。

很燙的，請小心。

熱いから 気を つけて ください。

★為何要「気をつけてください」，看原因「から」，原來是「熱い」。

因為很黑，所以開了燈。

暗いから、電気を つけました。

★為什麼「電気をけました」，看原因的「から」，原來是「暗い」。

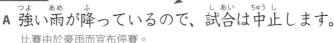

track♪ 表示原因、理由。前句是原因，後句是因此而發生的事。是比較委婉的表達方式。一般用在客觀的自然的因果關係，所以也容易推測出結果。可譯作「因為…」。

〈生活〉對話

A 強い雨が降っているので、試合は中止します。
比賽由於豪雨而宣布停賽。

B あら、残念ですね。
哎呀，真遺憾哪。

重點
原因

ので→

為什麼比賽要停止呢？

原來是下雨的關係。

文法應用實例

因為疲勞，所以稍微休息了一下。

疲れたので、少し 休みました。

★為什麼要稍微休息了一下，看原因的「ので」，原來是「疲れた」。

因為在上班，所以很忙。

仕事を して いるので、忙しいです。

★為什麼很忙，看原因的「ので」，原來是「仕事をしている」。

因為這台照相機便宜，所以買了。

この カメラは 安かったので、買いました。

★為什麼買了照相機，看原因的「ので」，原來是「安かった」。

track♫ 表示在幾個事物中，列舉出二、三個來做為代表，其他的事物就被省略下來，沒有全部說完。可譯作「…和…」。

生活 對話

A 鈴木さん、その靴とシャツ、新しいですね。
鈴木先生，您的鞋子和襯衫都是新的呢。

B ええ、昨日デパートで買った靴やシャツです。
是啊，昨天在百貨公司買的鞋子和襯衫。

重點
列舉事物

才領薪水就買了什麼？

沒有啦！才一些衣服和鞋子…啦！

や

不想都說出來，用「や」來舉出幾個就可以了！

⋯⋯⋯⋯⋯⋯⋯⋯⋯⋯⋯

文法應用實例

買了蔬菜跟肉。

野菜や 肉を 買いました。

★買了「野菜」跟「肉」，還有…。說不完的就用「や」舉出幾個就好了。

把桌子跟椅子排好了。

机や 椅子を 並べました。

★排好了「机」跟「椅子」，還有…。說不完的就用「や」來做為代表。

吃了比薩和麵包。

ピザや パンを 食べました。

★吃了「ピザ」跟「パン」，還有…。說不完的就用「や」省略其他的。

32 ～や～など

track♫

這也是表示舉出幾項，但是沒有全部說完。這些沒有全部說完的部分用「など」(等等) 來加以強調。「など」常跟「や」前後呼應使用。可譯作「和…等」。這裡雖然多加了「など」，但意思跟「…や…」基本上是一樣的。

生活 對話

重點　列舉事物

A 毎日洗濯や掃除などをします。
まいにちせんたく　そうじ

我每天都要洗衣服和打掃家裡。

B そうですか、一日中忙しいでしょうね。
いちにちじゅういそが

這樣喔，想必一整天都很忙吧。

や

母親真是辛苦，每天都要做家事。

前面的名詞，就知道除了「洗濯」、「掃除」之外，還有其他等等呢！

など

文法應用實例

那裡有橘子跟香蕉…等。

そこに　みかんや　バナナなどが　あります。

★看「や」跟「など」前的「みかん、バナナ」，知道還有其他水果。

附近有公園跟學校…等。

近くに　公園や　学校などが　あります。
ちか　こうえん　がっこう

★看「や」跟「など」前的「公園、学校」，知道還有其他設施。

在書店買了雜誌和辭典…等。

本屋で　雑誌や　辞書などを　買いました。
ほんや　ざっし　じしょ　か

★看「や」跟「など」前的「雑誌、辞書」，知道還買了其他。

名詞＋の＋名詞

「名詞＋の＋名詞」用於修飾名詞，表示該名詞的所有者（私の本）、內容說明（歴史の本）、作成者（日本の車）、數量（１００円の本）、材料（紙のコップ）還有時間、位置等等。譯作「…的…」。

生活 對話

A これは山田さんの傘ですか。

請問這是山田小姐的傘嗎？

重點
事物的所有

B ええ、これは私の傘です。

是的，這是我的傘。

這隻雨傘是誰的？

の

但是說明重點還是在後面的「傘」（雨傘）喔！

看「の」前面，原來是屬於「私」（我）。

文法應用實例

這是我的雨傘。

これが 私の 傘です。

買了旅遊的車票。

旅行の 切符を 買いました。

★「の」前是內容說明的「旅行」，重點在後面的「切符」。

買了日本製的車子。

日本の 車を 買いました。

※「の」前是作成者「日本」，重點在後面的「車」。

文法 34 名詞＋の

track♪ 這裡的準體助詞「の」，後面可以省略前面出現過的名詞，不需要再重複，或替代該名詞。可譯作「…的」。

生活 對話

重點：以「の」替代所屬物

A このシャツはお父さんのですか。
這件襯衫是爸爸您的嗎？

B ええ、これは誕生日にお母さんがあげたものです。
是啊，這是我生日時你媽媽送我的。

前面出現過的「シャツ」（襯衫）。

後面用「お父さんの」（父親的），其中「の」後面就是省略掉襯衫喔！

文法應用實例

這是鈴木小姐的嗎？

これは 鈴木さんのですか。

★後面用「鈴木さんの」，其中「の」代替前面出現過的事物。

小本的辭典是我的。

小さい 辞書は 私のです。

★後面用「私の」，其中「の」代替前面出現過的「辞書」。

美製的是1000圓。

アメリカのは 千円です。

★句中用「アメリカの」，其中「の」代替前面出現過的某詞。

track♫ 在「私が　作った　歌」這種修飾名詞（「歌」）句節裡，可以用「の」代替「が」，成為「私が　作った　歌」。那是因為這種修飾名詞的句節中的「の」，跟「私の　歌」中的「の」有著類似的性質。

生活對話

A これ、伊藤さんにもらった絵なんです。

這一幅是伊藤小姐送我的畫。

B 彼女の描いた絵はかわいいですね。

她畫的圖畫好可愛喔。

重點　名詞修飾主詞

の

這裡的「の」是代替「が」的。

「彼女の描いた絵」其實也就是「彼女の絵」囉！兩者的「の」有著類似的性質。

文法應用實例

我不喜歡下雨天。

雨の　降る　日が　嫌いです。

★「雨の降る日」其實就是「雨の日」。

聽聽我製作的歌。

私の　作った　歌を　聞いて　ください。

★「私の作った歌」其實就是「私の歌」。

妹妹做的蛋糕。

妹の　作った　ケーキです。

★「妹の作ったケーキ」其實就是「妹のケーキ」。

36 ～は～です（主題）

track♫ 助詞「は」表示主題。所謂主題就是後面要敘述的對象，或判斷的對象。而這個敘述的內容或判斷的對象，只限於「は」所提示的範圍。用在句尾的「です」表示對主題的斷定或是說明。

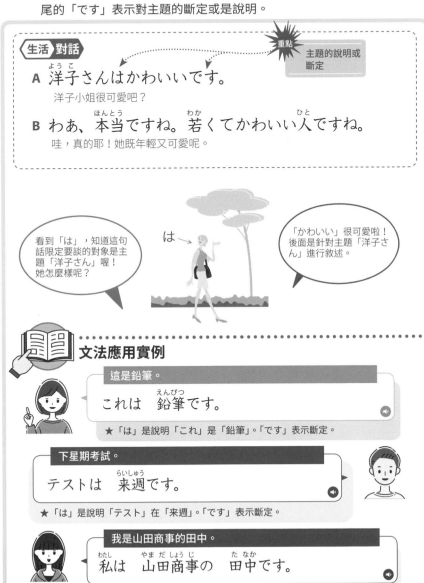

生活 對話

重點
主題的說明或斷定

A 洋子さんはかわいいです。
ようこ

洋子小姐很可愛吧？

B わあ、本当ですね。若くてかわいい人ですね。
ほんとう　わか　ひと

哇，真的耶！她既年輕又可愛呢。

Chapter1 最困擾人的助詞

看到「は」，知道這句話限定要談的對象是主題「洋子さん」喔！她怎麼樣呢？

は →

「かわいい」很可愛啦！後面是針對主題「洋子さん」進行敘述。

文法應用實例

這是鉛筆。

これは 鉛筆です。
えんぴつ

★「は」是說明「これ」是「鉛筆」。「です」表示斷定。

下星期考試。

テストは 来週です。
らいしゅう

★「は」是說明「テスト」在「来週」。「です」表示斷定。

我是山田商事的田中。

私は 山田商事の 田中です。
わたし　やまだしょうじ　たなか

★「は」是說明「私」是「山田商事の田中」。「です」表示斷定。

～は～ません（否定）

後面接否定「ません」，表示「は」前面的名詞或代名詞是動作、行為否定的主體。

生活 對話

A お飲み物はいりますか。
請問您需要點用飲料嗎？

重點 否定動作或行為

B 飲み物はいりません。
不需要飲料。

這裡要敘述的
是主題「飲み
物」（飲料）。

は

飲料怎麼了？後面用否定
的方式述說「いりませ
ん」（不要了）！

文法應用實例

他不是學生。

彼は 学生では ありません。

★主題是「彼」，後面用否定的方式說「学生ではありません」。

不會片假名。

片仮名は わかりません。

※ 主題是「片仮
名」，後面用否
定的方式說「わ
かりません」。

不需要飲料。

飲み物は いりません。

文法 38 〜は〜が、〜は〜 （對比）

track♫

「は」除了提示主題以外，也可以用來區別、比較兩個對立的事物，也就是對照地提示兩種事物。可譯作「但是…」。

生活 對話

A もう8時ですが、まだ会社に行かなくて、大丈夫ですか。

都8點了還不去公司，不會遲到嗎？

重點 比較兩個對立事物

B 兄は行きますが、私は行きません。

哥哥要上班，我今天沒班。

「兄」（哥哥）雖然想去。

は

が は

但是「私」（我）卻不想去。後面跟前面內容互相對立。

文法應用實例

有筆，但是沒有鉛筆。

ペンは　ありますが、鉛筆は　ありません。

★後面跟前面內容是互相對立的。

哥哥會去，但是我不會去。

兄は　行きますが、私は　行きません。

喜歡網球，但是不喜歡高爾夫球。

テニスは　好きですが、ゴルフは　きらいです。

★比較兩個對立的事物「喜歡網球」、「不喜歡高爾夫球」。

～も～（並列）

track ♫　表示同性質的東西並列或並舉。可譯作「…也…」、「都」。

生活 對話

重點
並列同性質的東西

A 小_{ちい}さいときは肉_{にく}も野菜_{やさい}も嫌_{きら}いで
したが、今_{いま}は大_{だい}好_すきです。

小時候討厭吃肉和蔬菜，但是現在都很喜歡。

B おもしろいですね。

這種轉變真有意思。

討厭哪些東西呢？討厭「肉」（肉類）跟「野菜」（蔬菜）呢！

も

用「も」並舉出同性質的東西。

 文法應用實例

有書也有筆記本。

本_{ほん}も　ノートも　あります。

★用「も」來並列出同性質的東西「本、ノート」。

有肉也有蔬菜。

肉_{にく}も　野菜_{やさい}も　あります。

書架跟桌子都想要。

本_{ほんだな}棚も　テーブルも　ほしいです。

★用「も」來並列出同性質的東西「本棚、テーブル」。

文法 40 〜も〜 （附加、重複）

track♫ 用於再累加上同一類型的事物。可譯作「也…」、「又…」。

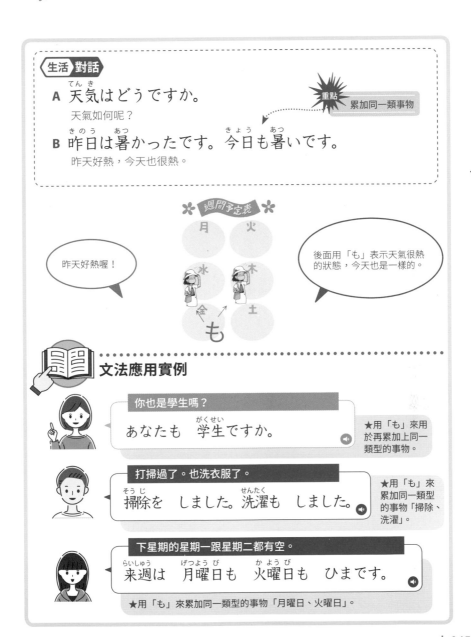

生活 對話

A 天気（てんき）はどうですか。
天氣如何呢？

重點
累加同一類事物

B 昨日（きのう）は暑（あつ）かったです。今日（きょう）も暑（あつ）いです。
昨天好熱，今天也很熱。

※ 週間予定表 ※

月　火

水　木

金　土

も

昨天好熱喔！

後面用「も」表示天氣很熱的狀態，今天也是一樣的。

文法應用實例

你也是學生嗎？

あなたも　学生（がくせい）ですか。

★用「も」來用於再累加上同一類型的事物。

打掃過了。也洗衣服了。

掃除（そうじ）を　しました。洗濯（せんたく）も　しました。

★用「も」來累加同一類型的事物「掃除、洗濯」。

下星期的星期一跟星期二都有空。

来週（らいしゅう）は　月曜日（げつようび）も　火曜日（かようび）も　ひまです。

★用「も」來累加同一類型的事物「月曜日、火曜日」。

〜も〜 （數量）

「も」前面接數量詞，表示數量比一般想像的還多，有強調多的作用。含有意外的語意。可譯作：「竟」、「也」。

生活 對話

重點 強調

A ビールを 10本も 飲みました。
じゅっ ぽん の

他居然喝了整整10瓶啤酒！

B すごいですね。

太驚人了。

一般喝啤酒大約一、兩瓶。

但是看「も」前面，這位先生竟喝了「10本」（十瓶），多得讓人覺得意外。

も

文法應用實例

到這裡竟花了3個小時。

ここまで 3時間も かかりました。
さん じ かん

★「も」前接數量詞「三時間」，表示花費的時間比想像的多。

竟喝了10瓶啤酒。

ビールを 10本も 飲みました。
じゅっぽん の

★「も」前接數量詞「10本」，表示喝得比想像的多。

雨竟下了3天。

雨は 三日も 降って います。
あめ みっか ふ

★「も」前接數量詞「三日」，表示雨下的時間比想像的多。

42 疑問詞＋も＋否定（完全否定）

track♫

「も」上接疑問詞，下接否定語，表示全面的否定。可譯作「也（不）…」、「都（不）…」。

重點　完全否定

〈生活〉對話

A 花子がどこにもいません。お父さん、見ませんで
したか。

　我到處找遍了就是找不到花子……爸爸，看到她了嗎？

B 見ていませんね。どこへ行ったんでしょうか。

　沒看到啊，她是不是去了哪裡呢？

花子怎麼啦！

「も」前面加疑問詞「どこ」（哪裡），後面又是否定「いません」（不在），就是全部否定囉！表示「到處找不到花子」。

 文法應用實例

全都不喜歡。

どれも 好きでは ありません。

★「も」前加「どれ」，後接否定「好きではありません」表示全都不喜歡。

昨天什麼也沒買。

昨日、何も 買いませんでした。

★「も」前加「何」，後接否定「買いませんでした」，表示什麼也沒買。

教室裡沒有人。

教室の 中に 誰も いません。

★「も」前加「誰」，後接否定「いません」，表示沒有人。

Chapter1 最困擾人的助詞

track♫　格助詞「に、へ、と…」後接「は」，有強調格助詞前面的名詞的作用。

生活 對話

A 太郎は何時に出かけますか。
太郎幾點要出門呢？

重點
強調

B 10時には、出かけます。
10點出門。

には

這句話為了強調出門的時間是 10 點，在「に」後面多加了一個「は」。

要記得喔！時間名詞後面要加格助詞「に」！當然除了時間以外還有場所、方向、對象等囉！

 文法應用實例

昨天跟她見了面。

彼女には　きのう　会いました。

★對象的「に」後面多加「は」。強調昨天見面的是「彼女」。

鳥是不會飛到一帶來的。

鳥は　この　辺へは　来ません。

★方向的「へ」後面多加「は」。強調飛到「この辺」來的。

不跟田中先生結婚。

田中さんとは　結婚しません。

★對象的「と」後面多加「は」。強調不會跟「田中さん」結婚。

track♬ 格助詞「に、から、で…」後接「も」，有強調格助詞前面的名詞的作用。

生活 對話

A たくさん本がありますね。いろいろな所から借りましたね。

好多書喔，想必是四處借來的吧。

B ええ、図書館でも借りました。

是啊，也向圖書館借了。

重點 強調

再複習一次喔！表示場所用格助詞「に」。

後面加「も」，表示除了跟其他的地方借書，也跟圖書館借書呢！

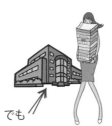

でも

文法應用實例

這問題對我而言也是太難了。

この 問題は 私にも 難しいです。

★對象「に」後接「も」，強調除了其他人，「私」也覺得很難。

我也將相片給大家看了。

みんなにも 写真を 見せました。

★對象「に」後接「も」，強調除了其他的人，相片也給「みんな」看了。

那家店也有賣。

あの 店でも 売って います。

★場所「で」後接「も」，強調除了其他商店，「あの店」也有賣。

時間＋ぐらい／くらい

表示時間上的推測、估計。一般用在無法預估正確的時間，或是時間不明確的時候。也可以用「くらい」。可譯作「大約」、「左右」、「上下」。

重點 推測、估計

生活 對話

A 100メートルを 10秒ぐらいで 走りました。

100公尺跑10秒左右。

B 早いですね。

速度真快！

ぐらい→

100 公尺要跑多久呢？

每一次的跑時間都不一樣吧！一般很難預估正確的時間就用「ぐらい」。

文法應用實例

請等兩分鐘左右。

2分ぐらい 待って ください。

★約等了幾分鐘？很難正確估算，就用「ぐらい」來表示。

一天約工作 7 小時左右。

一日 7時間ぐらい 働きます。

★一天約工作小時？很難正確估算，就用「ぐらい」來表示。

去旅行了大約 3 個星期。

3週間ぐらい、 旅行を しました。

★去旅行了幾星期？很難正確估算，就用「ぐらい」來表示。

數量＋ぐらい／くらい

表示數量上的推測、估計。一般用在無法預估正確的數量，或是數量不明確的時候。也可以用「くらい」。可譯作「大約」、「左右」、「上下」。

〈生活〉對話

重點　推測、估計

A あそこにきれいな鳥が6羽ぐらい飛んでいますよ。

那邊飛著漂亮的鳥，有6隻呢。

B わあ、本当ですね。きれいな鳥ですね。

哇，真的耶！好漂亮的鳥喔！

哇！有鳥在那裡耶！

一、二、三…哎呀數得眼睛都花了，大概有六隻吧！大約估計數量就用「ぐらい」。

ぐらい

文法應用實例

大約吃了3個橘子。

みかんを　三つぐらい　食べました。

★大約吃了多少橘子？大約估算數量，就用「ぐらい」。

大約有6隻鳥。

鳥が　6羽ぐらい　います。

★大約有幾隻鳥？大約估算數量，就用「ぐらい」。

大約有10支湯匙。

スプーンが　10本ぐらい　あります。

★大約有幾支湯匙？大約估算數量，就用「ぐらい」。

だけ＋肯定

下接肯定表示只限於某範圍，除此以外沒有別的了。可譯作「只」、「僅僅」。

重點 限定某範圍

〈生活〉對話

A 一年生のときは日本語だけ勉強しました。

一年級的時候只專注學了日語。

B 日本語の勉強が好きなんですね。

您相當喜歡學習日語呢。

為了到日本留學，然後在日商公司上班。

だけ

所以一年級時就集中精神只學「日本語」（日語）。

 文法應用實例

只買了一本筆記本。

 ノートは 一冊だけ 買いました。

★因為只需要一本，所以只買一本「一冊だけ」就很夠了。

只有八個蘋果。

りんごが 八個だけ あります。

★限定數量，蘋果有幾個？只有「八個だけ」。

這家店只有夏天才開。

 この 店は 夏だけ 開きます。

★只限於某範圍，這家店「夏だけ」才開。

文法 48 しか＋否定

track♪

下接否定，表示限定。一般帶有因不足而感到可惜、後悔或困擾的心情。可譯作「只」、「僅僅」。

生活 對話

重點 選擇

A 一年生（いちねんせい）のときは日本語（にほんご）しか勉強（べんきょう）しませんでした。

一年級的時候只專注學了日語。

B えっ、そうですか。大変（たいへん）ですね。

哦，這樣啊。那現在很辛苦吧！

しか

我很喜歡日語，所以一年級時就專挑日語學。

可是現在上課都上英語原文書，真傷腦筋。

📖 文法應用實例

只來了3位學生。

学生（がくせい）は　3人（さんにん）しか　来（き）ませんでした。

★只來了3位「3人しか」學生。怎麼來這麼少人？

這個月只下了一場雨。

今月（こんげつ）の　雨（あめ）は　一回（いっかい）しか　降（ふ）りませんでした。

★這個月只下了一場「一回しか」雨。怎麼這麼少？

昨天只睡3個小時。

きのうは　3時間（さんじかん）しか　寝（ね）ませんでした。

★昨天只睡3個小時「3時間しか」。睡眠時間太少了吧！

〜か〜（選擇）

表示在幾個當中，任選其中一個。可譯作「或者…」。

生活 對話

重點 選擇

A 傘かコートを貸してください。

請借我傘或是外套。

B 傘しかありませんが。

我只有傘。

A あっ、じゃ、それお願いします。

哦，那麼，請借我傘。

外面風雨好大，怎麼辦？借個擋風擋雨的工具吧！

か

敘述在「傘」（雨傘）跟「コート」（外套）這兩樣東西當中選一樣。

文法應用實例

要喝啤酒還是清酒？

ビールか　お酒を　飲みますか。

★在「ビール」跟「お酒」這兩種當中任選一樣飲用。

請用片假名或平假名書寫。

片仮名か　平仮名で　書きます。

※ 在「片仮名」跟「平仮名」這兩種當中任選一樣書寫。

請借我雨傘或大衣。

傘か　コートを　貸して　ください。

～か～か～ （選擇）

track♫ 「か」也可以接在最後的選擇項目的後面。跟「…か…」一樣，表示在幾個當中，任選其中一個。可譯作「…或是…」。

生活 對話　　　　　　　　　　　　　　　　　　**重點 選擇**

A お肉かお魚かどちらを食べますか。
你要吃肉還是吃魚呢？

B じゃあ、肉にします。
那麼，我要肉。

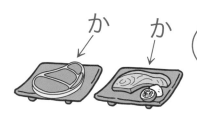

か　　か

也可以在最後的項目，重複一個「か」。表示選擇其中一個。

文法應用實例

不知道是熱還是冷。

暑いか　寒いか　わかりません。

★「か」接在最後選項「寒い」後面。表示在幾個當中的一個。

不知道是男孩還是女孩。

男の子か　女の子か　知りません。

★「か」接在最後選項「女の子」後面。表示在幾個當中的一個。

不知道他來還是不來。

彼は　来るか　来ないか　わかりません。

★「か」接在最後選項「来ない」後面。表示在幾個當中的一個。

Chapter1　最困擾人的助詞

疑問詞＋か

「か」前接「なに、だれ、いつ、どこ」等疑問詞後面，表示不明確的、不肯定的，或是沒有必要說明的事物。

選擇不明確的
事物等

生活 對話

A 玄関に、誰か来ています。
げんかん　だれ　き
好像有人來到門口。

B 誰でしょうね。
だれ
會是誰呢？

啊！聽到玄關
有人在敲門。

知道有人，但不確定是
誰，就用「誰」（誰）加
「か」。

 文法應用實例

有吃什麼東西了嗎？

何か　食べましたか。
なに　　た

★「か」前接疑問詞「何」，表示有吃「什麼東西」了嗎？

有誰可以來告訴我她的地址。

だれか　彼女の　住所を　教えて　ください。
　　　　かのじょ　じゅうしょ　　おし

★「か」前接疑問詞「だれ」，表示「有誰」可以來告訴我她的地址？

不知道她生日是什麼時候。

彼女の　誕生日は　いつか　わかりません。
かのじょ　たんじょうび

★「か」前接疑問詞「いつ」，表示不知道她生日是「什麼時候」。

接於句末，表示問別人自己想知道的事。可譯作「嗎」、「呢」。

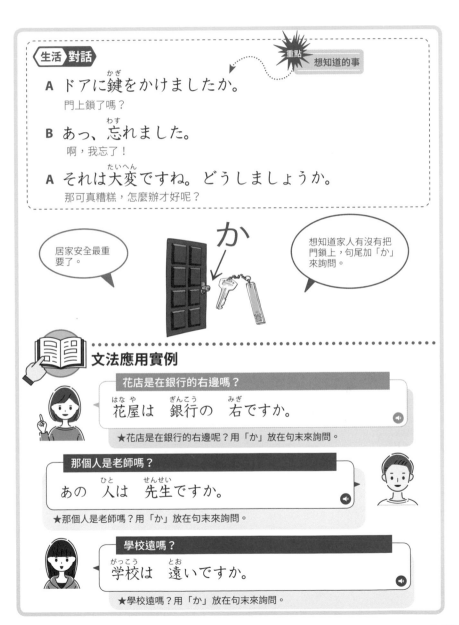

生活 對話

重點 想知道的事

A ドアに鍵をかけましたか。
かぎ
門上鎖了嗎？

B あっ、忘れました。
わす
啊，我忘了！

A それは大変ですね。どうしましょうか。
たいへん
那可真糟糕，怎麼辦才好呢？

居家安全最重要了。

か

想知道家人有沒有把門鎖上，句尾加「か」來詢問。

文法應用實例

花店是在銀行的右邊嗎？

花屋は　銀行の　右ですか。
はなや　　ぎんこう　　みぎ

★花店是在銀行的右邊呢？用「か」放在句末來詢問。

那個人是老師嗎？

あの　人は　先生ですか。
　　　ひと　せんせい

★那個人是老師嗎？用「か」放在句末來詢問。

學校遠嗎？

学校は　遠いですか。
がっこう　とお

★學校遠嗎？用「か」放在句末來詢問。

疑問句＋か。疑問句＋か。

表示從不確定的兩個事物中，選出一樣來。可譯作「是…，還是…」。

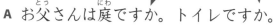

生活 對話　　　　　　　　　　　　　　　重點　選出一樣

A お父さんは 庭ですか。トイレですか。
　　爸爸在庭院？還是在廁所？

B お父さんは 今部屋ですよ。
　　爸爸現在在房間裡喔。

か

爸爸在院子嗎？

還是在廁所？

文法應用實例

花店是在銀行的右邊還是左邊？

花屋は　銀行の　右ですか。左ですか。

★用兩個「か」，從不確定的「右、左」中，選出一樣來。

那個人是老師還是學生？

あの　人は　先生ですか。学生ですか。

★用兩個「か」，從不確定的「先生、学生」中，選出一樣來。

學校遠還是近？

学校は　遠いですか。近いですか。

★用兩個「か」，從不確定的「遠い、近い」中，選出一樣來。

句子＋ね

track♫ 表示輕微的感嘆，或話中帶有徵求對方認同的語氣。基本上使用在說話人認為對方也知道的事物。也表示跟對方做確認的語氣。還有讓自己思考時間的意思。

生活 對話

重點 徵求對方認同等

A この電車は遅いですね。
　 這班電車怎麼還不來呢？

B ここの電車は1時間に1本しかありませんよ。
　 這裡的電車每小時只有一班喔。

ね

電車怎麼還不來呢？帶有感嘆。

你說是不是呢？希望對方同意自己的感覺。

文法應用實例

她人真有趣呢！

彼女は 本当に 面白いですね。

★她人真有趣呢！希望對方同意自己的感覺，句尾就用「ね」。

請注意看喔！

よく 見て くださいね。

★請注意看喔！跟對方做確認，句尾就用「ね」。

知道是什麼意思吧！

意味が わかりますね。

★知道是什麼意思吧！跟對方做確認，句尾就用「ね」。

句子＋よ

請對方注意，或使對方接受自己的意見時，用來加強語氣。基本上使用在說話人認為對方不知道的事物，想引起對方注意。

生活 對話

A あそこを歩いている女性はきれいですね。

走在那邊的那位小姐真美。

B 彼女はもう結婚していますよ。

她已經結婚囉。

重點
請對方注意等

比較：

よ→對方不知道的事物，引起對方注意。

ね→對方也知道的事物，希望對方認同自己。

好美的女孩！

よ

人家已經結婚了。用「よ」提醒對方喔！

文法應用實例

這本書比較有趣唷！

この 本の 方が 面白いですよ。

★這本書比較有趣唷！希望對方接受自己的意見，句尾就用「よ」。

4個100日圓唷！

四つで 百円ですよ。

★提醒對方注意「四個100圓唷」，句尾就用「よ」。

已經要開始了唷！

もう 始まりますよ。

★提醒對方注意「已經要開始了唷」，句尾就用「よ」。

句子＋わ

track♫　表示自己的主張、決心、判斷等語氣。女性用語。在句尾可使語氣柔和。可譯作「…啊」。

生活 對話

重點　自己的判斷等

A それは私の<ruby>私<rt>わたし</rt></ruby>のと<ruby>同<rt>おな</rt></ruby>じだわ。
那個東西和我的一樣喔！

B わあ、<ruby>本当<rt>ほんとう</rt></ruby>ですね。
哇，真的耶！

わ

看到對方拿的圓扇子。

唉呀！跟我的一樣呢！

文法應用實例

啊呀！沒錢呢！

あっ、お<ruby>金<rt>かね</rt></ruby>が　ないわ。

★表示自己的判斷等語氣，句尾就用「わ」。

我跟林先生一起去呢！

<ruby>林<rt>リン</rt></ruby>さんと　いっしょに　<ruby>行<rt>い</rt></ruby>くわ。

※ 表示自己的主張、決心，句尾就用「わ」。

那個跟我的一樣呢！

それは　<ruby>私<rt>わたし</rt></ruby>のと　<ruby>同<rt>おな</rt></ruby>じだわ。

だい1かい　テスト

1問題 　（　　）の　ところに　なにを　いれますか。1・2・3・4から　いちばん　いい　ものを　1つ　えらびなさい。

001 あしたの　よるは　あめ（　　）　ふるでしょう。
☐ ① は　　② が　　③ を　　④ で

002 ふるい　きょうかしょは　いえ（　　）　ありますが、あたらし
☐ いきょうかしょは　ありません。
① で　　② を　　③ が　　④ に

003 このまえ　せんせい（　　）　でんわして　しつもんしました。
☐ ① で　　② に　　③ を　　④ が

004 わたしは　2ねんかん、とうきょうだいがく（　　）　べんきょうし
☐ ました。
① の　　② で　　③ に　　④ は

005 ともだちと　けいたいでんわ（　　）　はなしました。
☐ ① を　　② で　　③ に　　④ と

006 すみませんが、えいご（　　）　はなして　ください。
☐ ① を　　② で　　③ に　　④ が

007 「すみません、これは　いくらですか。」「3つ（　　）500え
☐ んです。」
① が　　② に　　③ は　　④ で

008 ともだち（　　）　としょかんで　べんきょうを　しました。
☐ ① で　　② や　　③ と　　④ を

009 だれ（　　）　パーティーへ　いきましたか。
☐ ① は　　② を　　③ と　　④ へ

062

010 わたしは　３ねんまえ（　　）　にほんに　きました。
□　①　で　　②　から　　③　まで　　④　に

011 にほんごの　じゅぎょうは　なんじ（　　）ですか。
□　①　まで　　②　を　　③　に　　④　と

012 あした（　　）　ちこく　しないで　くださいね。
□　①　に　　②　は　　③　を　　④　で

013 きょうしつには　たなかさん（　　）　いませんでした。
□　①　くらい　　②　など　　③　まで　　④　しか

014 さいふに　５０えん（　　）　ありませんでした。
□　①　くらし　　②　しか　　③　だけ　　④　まで

015 たなかかちょうは　ちゅうごくご（　　）　できませんが、　え
□　いごはじょうずです。
　　①　を　　②　は　　③　に　　④　へ

016 テニスを　しました。　それから　ピンポン（　　）　しまし
□　た。
　　①　は　　②　も　　③　や　　4　に

017 わたしは　たなかさん（　　）は　けっこんしません。
□　①　に　　②　を　　③　と　　④　から

018 このくつは　とても　ふるいですから、あたらしい　くつ（　　）
□　ほしいです。
　　①　は　　②　が　　③　に　　④　へ

019 パーティーには　３０にん（　　）　くる　よていです。
□　①　ぐらい　　②　など　　③　まで　　④　から

■ II 問題 どの こたえが いちばん いいですか。1・2・3・
■ 4から いちばん いいものを 一つ えらびなさい。

001 「たいふうですね。」「ええ、このたいふう（　　　）　でんしゃが
□　とまりましたよ。」
　　① が　　② を　　③ で　　④ に

002 「かばんの　なかに　なにが　ありますか。」「きょうかしょ
□　（　　）えんぴつばこなどが　あります。」
　　① と　　② や　　③ も　　④ で

003 「きょうは　さむいですね。」「ええ、　そうです（　　）。」
□　① よ　　② ね　　③ は　　④ だ

004 「きょうしつに　だれが　いますか。」「だれ（　　）　いませ
□　ん。」
　　① が　　② は　　③ も　　④ で

005 「やまださんが　けっこんしますよ。」「ええ？　だれ（　　）
□　けっこんしますか。」
　　① に　　② を　　③ と　　④ は

■ III 問題 どの　こたえが　いちばん　いいですか。1・2・3・
■ 4から　いちばん　いい　ものを　えらびなさい。

001 A「きのう、どこへ　いきましたか。」
□　B「（　　　　　　」）いきました。」
　　① がっこうを　　② がっこうへ　　③ がっこうは
　　④ がっこうが

002 A「あたらしいしごとは、おもしろいですか。」
□　B「そうです（　　　）。　とても　おもしろいです。」
　　① か　　② よ　　③ ね　　④ が

003 A「この　ケーキ、おいしいですね。」

☐　B「そうです（　　）。ありがとうございます。はは　がつくりました。」

　　① か　　② ね　　③ よ　　④ わ

004 A「このワンピース、どうですか。」

☐　B「いろは　きれいですね。でも（　　　　　）きれいじゃ　ありませんね。」

　　① かたちに　　② かたちも　　③ かたちを　　④ かたちは

005 A「田中さん、こんにちは。（　　　　　）。」

☐　B「はい、げんきです。」

　　① おきれいですか　　② おげんきですか　　③ いいですか

　　④ よいですか

解題攻略筆記！

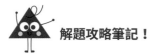 **解題攻略筆記！**

Chapter **02**

名詞的跟屁蟲

接尾詞

中（じゅう）／（ちゅう）

日語中有自己不能單獨使用，只能跟別的詞接在一起的詞，接在詞前的叫接頭語，接在詞尾的叫接尾語。「中（じゅう）／（ちゅう）」是接尾詞。唸「じゅう」時表示整個時間上的期間一直怎樣，或整個空間上的範圍之內。唸「ちゅう」時表示正在做什麼，或那個期間裡之意。

生活 對話 ｜ 重點 期間跟空間

A 母は 一日中 働いています。
（はは　いちにちじゅうはたら）
母親一整天都在工作。

B じゃ、とても忙しくて、土日はゆっくり休みたいでしょうね。
（いそが　　　　　　ど にち　　　　　やす）
平常那麼忙，到了星期六、日只想好好休息吧。

這句話要說的是媽媽。

早上當推銷員，晚上在餐廳打工。媽媽「一日中」（一整天）都在工作。

 文法應用實例

弟弟一整天都在玩。

 弟は 一日中 遊んで います。
（おとうと　いちにち じゅう　あそ）

★弟弟在玩，期間是「一日中」（一整天）。

這份工作明天之內做。

この 仕事は 明日中に やります。
（しごと　　あしたじゅう）

★這份工作什麼時候做完？「明日中」（明天之內）。

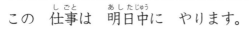 工作也許6日之內完工吧！

 作業は 六日中に 終わるでしょう。
（さぎょう　　むい か じゅう　　お）

★工作大約多久完工？「六日中」（6日之內）吧！

track♫ 接尾詞「たち」接在「私（わたし）」、「あなた」等人稱代名詞的後面，表示人的複數。可譯作「…們」。接尾詞「がた」也是表示人的複數的敬稱，說法更有禮貌。可譯作「…們」。

生活 對話

重點

人的複數

A 毎月（まいつき）、部長（ぶちょう）さんがたのパーティーがあります。
　每個月都會舉辦各部門經理的宴會。

B じゃ、たくさんの人（ひと）が来（き）て、賑（にぎ）やかでしょう。
　這麼說，會有很多人出席，想必相當熱鬧吧。

部長級以上的人，這裡用人的複數「がた」，說法更得體。

文法應用實例

小孩們正在玩耍。
子供（こども）たちが　遊（あそ）んで　います。
★小孩們用「子供たち」表示複數。

留學生們住在這裡。
留学生（りゅうがくせい）たちは　ここに　住（す）んで　います。
★留學生們用「留学生たち」表示複數。

這裡是老師們的房間。
ここが　先生（せんせい）がたの　部屋（へや）です。
★老師們用有禮貌的「先生がた」表示複數。

ごろ

接尾詞「ごろ」表示大概的時間。一般只接在年月日，和鐘點的詞後面。可譯作「左右」。

生活 對話

A 伊藤_{いとう}さん、金曜日_{きんようび}の夜_{よる}どこへ行_いきましたか。

伊藤先生，您星期五晚上去了什麼地方呢？

重點　大概的時間

B 金曜日_{きんようび}のよる9時_{くじ}ごろ友達_{ともだち}と飲_のみに行_いきました。

星期五晚上9點左右和朋友去喝了兩杯。

跟朋友去喝兩杯這個動作在什麼時候呢？

「9時」後接「ごろ」表示時間是「9點前後」。

 文法應用實例

月亮什麼時候圓呢？

明天六點左右出門。

明日_{あした}、6時_{ろくじ}ごろ　出_でかけます。

★「6時」後接「ごろ」，表示明天出門時間是六點左右。

三月三日左右去拜訪。

3月3日_{さんがつみっか}ごろに　遊_{あそ}びに　行_いきます。

★「3月3日」後接「ごろ」，表示去拜訪時間是三月三日左右。

月亮什麼時候圓呢？

いつごろ　月_{つき}は　丸_{まる}く　なりますか。

★疑問詞「いつ」後接「ごろ」，詢問月圓大約什麼時候呢？

文法 4 すぎ／まえ

track 接尾詞「すぎ」，接在表示時間名詞後面，表示比那時間稍後。可譯作「過…」、「…多」。接尾詞「まえ」，接在表示時間名詞後面，表示比那時間稍前。可譯作「差…」、「…前」。

重點 比前接時間詞
的時間稍後

生活 對話

A 昨日の夜２時すぎに電話が鳴りました。

昨晚兩點多，電話響了。

B 父が病気になったという電話でした。

那通電話通知我，爸爸生病了。

電話鈴響了。
時間是？

「２時」後接「すぎ」，知道是「兩點多」了。

文法應用實例

下午５點前離開公司。

午後　５時前に　会社を　出ました。

★「５時」後接「前」，表示下午「五點前」離開公司。

現在是６點過５分。

今は　６時５分すぎです。

★「６時５分」後接「すぎ」，表示現在是「６點過５分」。

３點前跟他碰了面。

３時前に　彼と　会いました。

★「３時」後接「前」，表示「３點前」跟他碰了面。

だい2かい　テスト

I 問題　（　）の　ところに　なにを　いれますか。1・2・3・4から　いちばん　いい　ものを　1つえらびなさい。

001　きのうは　一にち（　　）　あめが　ふりました。
□　① まで　　② じゅう　　③ くらい　　④ へ

002　さいきん　3じ（　　）に　いつも　おおあめが　ふります。
□　① ごろ　　③ まで　　③ より　　④ に

003　ひとばん（　　　）べんきょうして　います。
□　① ごろ　　② まで　　③ じゅう　　④ ちゅう

004　さとうさん（　　）も　パーティーに　きました。
□　① から　　② たち　　③ ほど　　④ くらい

005　いつも　なんじ（　　）　ばんごはんを　たべますか。
□　① ぐらい　　② ごろ　　③ へ　　④ で

II 問題　どの　こたえが　いちばん　いいですか。　1・2・3・4から　いちばん　いいものを　一つ　えらびなさい。

001　いえ（　　）、そうじを　しました。
□　① たち　　② じゅう　　③ ちゅう　　④ ごろ

002　「なんじに　かえりますか。」「5じ（　　）　かえります。」
□　① ほど　　② より　　③ ごろ　　④ あまり

003　「えいがは　なんじに　はじまりますか。」「5じ（　　）ですよ。」
□　① まで　　② から　　③ あまり　　④ へ

004　「よく　あめが　ふりますね。」「そうですね。なつは　1にち
□　（　　）　あめが　ふります。」
　　① まで　　② に　　③ で　　④ じゅう

Ⅲ 問題 どの こたえが いちばん いいですか。1・2・3・4から いちばん いい ものを えらびなさい。

001 A「えきから　がっこうまで　どれくらい　かかり　ますか。」
□ 　B「（　　　　　　　　　）です。」.
　　① 10ぷんまで　　　　② 10ぷんから
　　③ 10ぷんくらい　　　④ 10ぷんに

002 A「たなかさんは、もう　かえりましたか。」
□ 　B「ええ、（　　　　　　　　）。」
　　① もう　かえりました　② まだ　かえりました
　　③ もう　かえりません　④ まだ　かえります

003 A「たなかさんは、まだ　きませんか。」
□ 　B「いいえ、（　　　　　　）。あ、ほら、あそこに。」
　　① もう　きませんか　　② まだ　きましたよ
　　③ もう　きましたよ　　④ まだ　きますか

🔺 解題攻略筆記！

Chapter 03

想問的一大堆

疑問詞

何（なに／なん）

「何（なに）（なん）」代替名稱或情況不瞭解的事物。也用在詢問數字時。可譯作「什麼」。「何が」、「何を」及「何も」唸「なに」；「何だ」、「何の」及詢問數字時念「なん」；至於「何で」、「何に」、「何と」及「何か」唸「なに」或「なん」都可以。

生活 對話

重點　代替名稱或情況不了解的事務

A かばんに何が入っていますか。

請問皮包裡裝了什麼東西呢？

B 財布です。あっ、魚の絵の傘もありました。

裝了錢包。喔，還有一把上面有魚形圖案的傘。

在找什麼啊？

何が

用「何」表示不知道皮包裡有什麼東西？

文法應用實例

買什麼顏色的襯衫呢？

何色の　シャツを　買いますか。

★用「何」表示不知道是什麼「色」（顏色）。

你喜歡什麼蔬菜呢？

野菜では　何が　好きですか。

★用「何」表示不知道喜歡什麼「野菜」（蔬菜）。

這是什麼？

これは　何ですか。

★用「何」表示不知道是什麼？

2 だれ／どなた

track♫

「だれ」不定稱是詢問人的詞。它相對於第一人稱，第二人稱和第三人稱。可譯作「誰」。「どなた」和「だれ」一樣是不定稱，但是比「だれ」說法還要客氣。可譯作「哪位…」。

生活 對話

重點
詢問人

A 隣に住んでいるのはどなたですか。
請問住在隔壁的誰呢？

B 田中夫婦とかわいい子ども一人です。
田中夫妻和一個可愛的小孩。

很多人都對家裡隔壁到底住什麼樣的人，都有好奇心吧！

禮貌詢問是哪位，就用「どなた」。

文法應用實例

房裡有誰來了？

部屋に 誰が 来ましたか。

★要詢問人就用「誰」(誰)。

派出所有誰在呢？

交番に 誰が いますか。

★要詢問人就用「誰」(誰)。

昨天是誰來了？

昨日 どなたが 来ましたか。

★有禮貌的詢問人用「どなた」(哪位)。

track♫　表示不確定的時間或疑問。可譯作「何時」、「幾時」。

生活 對話

重點　不肯定的時間或疑問

A 木の葉はいつ黄色くなりますか。

　樹葉什麼時候會變黃呢？

B 秋ごろでしょう。僕らはよくあの木の近くで遊んで
いましたね。

　大約在秋天吧。我們以前常在那棵樹附近玩耍呢。

日本四季最分明了，街道樹什麼時候變黃呢？

用「いつ」（什麼時候）來問對方吧！

文法應用實例

你姊姊什麼時候結婚的？

お姉さんは　いつ　結婚しましたか。

★「いつ」表不確定對方的姊姊什麼時候結婚。

山上的雪什麼時候溶化？

山の　上の　雪は　いつ　消えますか。

★「いつ」表示不確定山上的雪是什麼時候溶化。

孩子們什麼時候回來？

子どもたちは　いつ　帰って
来ますか。

★「いつ」表示不確定孩子們什麼時候會回來。

文法 4

track♪

いくつ（個數）／いくつ（年齢）

表示不確定的個數，只用在問小東西的時候。可譯作「幾個」、「多少」。也可以詢問年齡。可譯作「幾歲」。

 生活 對話

重點
不確定小東西或問年齡

A お父さんはいくつですか。
請問令尊貴庚？

B 父は 70 歳です。
家父70歲。

A わあ、格好いいお父さんですね。
哇，令尊一點也不顯老呢！

哇！這位中年先生好酷喔！原來是小明的爸爸。

想知道小明的爸爸幾歲就用「いくつ」吧！

 文法應用實例

全部幾個？

全部で　いくつですか。

★全部幾個？問小東西的時候用「いくつ」（多少）。

有幾個橘子？

みかんは　いくつ　ありますか。

★有幾個橘子？問小東西的時候用「いくつ」（多少）。

你今年貴庚？

あなたは　今年　いくつですか。

★你今年貴庚？問年齡也可以用「いくつ」（幾歲）。

track♫ 表示不明確的數量、程度、價格、工資、時間、距離等。可譯作「多少」。

生活對話

重點 不明確的數量等

A すみません、切符5枚でいくらですか。
きっぷ ごまい
不好意思，請問5張車票多少錢？

B はい。10000円です。
いちまん えん
您好，總共10000圓。

這個問法最有關民生問題了，一定要記住！

多少錢呢？就用「いくら」囉！

文法應用實例

這蕃茄多少錢？

この トマトは いくらですか。

★蕃茄的價格，用「いくら」詢問。

有多少錢？

お金は いくら ありますか。
かね

★用「いくら」詢問有多少錢？

這條裙子花多少錢買的？

その スカートは いくらでしたか。

★裙子的價格，用「いくら」詢問對方。

「どう」詢問對方的想法及對方的健康狀況，還有不知道情況是如何或該怎麼做等。可譯作「如何」、「怎麼樣」。「いかが」跟「どう」一樣，只是說法更有禮貌。可譯作「如何」、「怎麼樣」。兩者也用在勸誘時。

重點
詢問想法、健康、勸誘等

生活 對話

A コーヒーはいかがですか。
您要不要喝杯咖啡呢？

B そうですね。では、ください。
嗯……那麼，請給我咖啡。

問對方要不要呢？用「いかが」（如何）。

由於說法有禮貌，所以常用在服務員對客人時。

文法應用實例

昨天的電影好看嗎？

昨日（きのう）の 映画（えいが）は どうですか。

★這裡的「どう」（怎樣），是指「映画」如何呢？好看嗎？

這件西裝你覺得怎麼樣？

この 背広（せびろ）は どうですか。

★這裡的「どう」（怎樣），是詢問對方這件西裝好看嗎？

來點咖啡好嗎？

コーヒーは いかがですか。

「どんな」後接名詞，用在詢問事物的種類、內容。可譯作「什麼樣的」。

生活 對話

重點 問事物的種類等

A どんな色が好きですか。
（いろ）（す）

你喜歡什麼顏色呢？

B 青が好きです。
（あお）（す）

我喜歡藍色的。

名詞「色」前接「どんな」表示「什麼顏色」？

要記得喔！喜好的對象要用「が」來表示喔！

文法應用實例

你想住什麼樣的城鎮？

どんな　町に　住みたいですか。
（まち）（す）

★「どんな」後接「町」表示「什麼樣的城鎮」。

你什麼時候戴眼鏡？

どんな　時に　眼鏡を　かけますか。
（とき）（めがね）

★「どんな」後接「時」表示「什麼時候」。

你說什麼呢？

どんな　話を　しますか。
（はなし）

★「どんな」後接「話」表示「什麼樣的說話內容」。

どのぐらい／どれぐらい

表示「多久」之意。但是也可以視句子的內容，翻譯成「多少、多少錢、多長、多遠」等。

生活 對話

重點　多久等

A この道はどれぐらい長いですか。
み ち　　　　　　　　　　　なが

這條路大約多長呢？

B 10kmぐらいあります。
じゅっキロメートル

大概有10km。

好長的路喔！

忍不住要問有「どれぐらい」（多）長呢？

文法應用實例

你一天喝多少水？

一日に　どのぐらい　水を　飲みますか。
いちにち　　　　　　みず　　の

★「どのぐらい水」表示「多少水」。

暑假放幾天？

夏休みは　どのぐらい　ありますか。
なつやす

★「どのぐらいありますか」表示「有多少（天）呢」。

公園有多寬大？

公園は　どれぐらい　広かったですか。
こうえん　　　　　　ひろ

★「どれぐらい広かったですか」表示「多寬敞呢」。

なぜ／どうして

track♬

「なぜ」跟「どうして」一樣，都是詢問理由的疑問詞。口語常用「なんで」。可譯作「為什麼」。

生活 對話

重點 詢問理由

A どうして遅れましたか。

　　為什麼遲到了呢？

B 授業が終わるのが遅かったからです。

　　因為下課時間比平常晚。

喔！你遲到了！守時是很重要的喔！

對方可能是不得已的！問問原因吧！「どうして」（為什麼）？

文法應用實例

為什麼跟他打電話？

なぜ 彼に 電話を しましたか。

★問理由就用「なぜ」（為什麼）。

為什麼4號也休息呢？

なぜ 四日も 休みましたか。

★問理由就用「なぜ」（為什麼）。

為什麼吃藥呢？

どうして 薬を 飲みましたか。

★問理由也可以用「どうして」（為什麼）。

文法 10 なにか／だれか／どこかへ

track

具有不確定，沒辦法具體說清楚之意的「か」，接在疑問詞「なに」的後面，表示不定。可譯作「某些」、「什麼」；接在「だれ」的後面表示不確定是誰。可譯作「某人」；接在「どこ」的後面表示不肯定的某處，再接表示方向的「へ」。可譯作「去某地方」。

生活 對話   重點 **不定**

A ほかに なにか 質問は ありますか。

還有其他提問嗎？

B ちょっと 聞きたいことが あるんですが。

我想請教一下……。

這句話常用吧！

「なにか」（什麼）
表示醫生不確定會
是什麼樣的問題。

文法應用實例

門旁好像有什麼東西。

ドアの 横に なにか あります。

★「何か」表示
不確定門旁有什
麼東西。

你昨晚有去哪嗎？

ゆうべは どこかへ 行きましたか。

★對方昨晚去哪
裡？「どこかへ」
表示不確定去哪
裡。

請幫我叫人來。

だれかを 呼んで ください。

★請幫我叫人
來，「だれか」
表示不確定是
叫誰。

track 「も」上接「なに、だれ、どこへ」等疑問詞，下接否定語，表示全面的否定。可譯作「也（不）…」、「都（不）…」。

生活 對話

重點　全面否定

A 今晩はどこへも行きません。
今天晚上什麼地方都不去！

B じゃ、お家でビールを飲みましょう。
那麼，就在家裡喝啤酒吧。

今天晚上怎麼樣呢？

「どこへも」後接否定「行きません」，知道是哪裡都不去啦！

文法應用實例

父母什麼都沒說。

両親は　なにも　言いません。

★「も」前接疑問詞「何」後接否定「言いません」，表示什麼都沒說。

教室裡沒人。

教室には　誰も　いません。

★「も」前接疑問詞「誰」後接否定「いません」，表示沒有人。

橋上沒有人。

橋の　上に　誰も　いません。

だい３かい　テスト

Ⅰ 問題　（　　）の　ところに　なにを　いれますか。１・２・３・４か
ら　いちばん　いい　ものを　１つえらびなさい。

001 デパートで　（　　）を　かいましたか。
□ ① どこ　　② どれ　　③ なに　　④ なんで

002 この　レポートは　（　　）が　かきましたか。
□ ① どれ　　② なに　　③ だれ　　④ どんな

003 レポートは　（　　）できますか。もう　５がつですよ。
□ ① いつ　　② なに　　③ なんで　　④ どれ

004 「こうさんは　（　　）ごが　じょうずですか。」「そうですね、
□ えいごが　じょうずです。フランスごも　じょうずです。」
　 ① どの　　② なに　　③ いつ　　④ どれ

005 この　りんごは　一つ　（　　）ですか。
□ ① いくつ　　② いくら　　③ いつ　　④ いま

006 この　かいしゃの　しゃちょうは　（　　）ですか。
□ ① どれ　　② なに　　③ どなた　　④ どんな

007 「（　　）にほんごを　べんきょうしますか。」「にほんの　うた
□ がすきですから。」
　 ① なぜ　　② いつ　　③ いつから　　④ どの

008 すみません、　（　　）　のみものを　ください。
□ ① なに　　② ある　　③ なにか　　④ あんな

009 この　ほんと　あのほんを　かいます。ぜんぶで　（　　）です
□ か。
　 ① いつ　　② いくら　　③ いま　　④ いくつか

010 いもうとは　ともだちと　（　　）へ　いきましたよ。
□　①　いつか　　②　だれか　　③　どこか　　④　どれか

011 きょうしつには　（　　）　いません。　みんな　かえりました。
□　①　いつも　　②　だれも　　③　なにも　　④　どれも

012 きのうは　（　　）　うちへ　きませんでした。
□　①　どこも　　②　だれも　　③　どれも　　④　いつも

Ⅱ　問題　どの　こたえが　いちばん　いいですか。1・2・3・4から
いちばん　いいものを　一つ　えらびなさい。

001 「（　　）　がっこうを　やすみましたか。」「ねつが　ありました
□　から。」
　　①　いつ　　②　どこで　　③　だれが　　④　どうして

002 「きょうしつに　（　　）　いますか。」「さとうさんと　やまだ
□　さんが　います。」
　　①　いつが　　②　だれは　　③　いつが　　④　だれが

003 「（　　）　こうえんまで　きましたか。」「バスで　きました。
□　ちかかったです。」
　　①　どうして　　②　なにで　　③　なぜ　　④　だれか

Ⅲ　問題　どのこたえがいちばんいいですか。1・2・3・4からいちばん
いいものをえらびなさい。

001 A「デパートで、なにを　かいましたか。」
□　B「（　　　　　　　）。」
　　①　もう10じです　　　　　②　かばんうりばです
　　③　スカートとくつです　　　④　エレベーターのまえです

002 A「えいがは、どうでしたか。」

☐ B「（　　　　　　　　　）。」

① ハリーポッターのえいがです　② １０じからはじまります
③ あまりおもしろくなかったです④ とてもあたまがいいです

003 A「にほんの　てんきは、どうですか。」

☐ B「いま、（　　　　　　　　）。」

① おいしいです　　　　　　　② おげんきです
③ むずかしいです　　　　　　④ あたたかいです

004 A「おちゃは　いかがですか。」

☐ B「ありがとう　ございます。じゃ、（　　　　）。」

① さようなら　　　　　　　② こんにちは
③ いただきます　　　　　　④ ごちそうさま

解題攻略筆記！

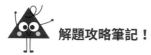

解題攻略筆記！

Chapter **04**

不想說清楚的

指示詞

指示代名詞「こそあど系列」

指示代名詞就是指示位置在哪裡囉！有了指示詞，我們就知道說話現場的事物，和說話內容中的事物在什麼位置了。日語的指示詞有下面四個系列：

	事物	事物	場所	方向	程度	方法	範圍
こ	これ 這個	この 這個	ここ 這裡	こちら 這邊	こんな 這樣	こう 這麼	說話者一方
そ	それ 那個	その 那個	そこ 那裡	そちら 那邊	そんな 那樣	そう 這麼	聽話者一方
あ	あれ 那個	あの 那個	あそこ 那裡	あちら 那邊	あんな 那樣	ああ 那麼	說話者、聽者 以外的
ど	どれ 哪個	どの 哪個	どこ 哪裡	どちら 哪邊	どんな 哪樣	どう 怎麼	是哪個不確定

指示代名詞就是指示位置在哪裡囉！有了指示詞，我們就知道說話現場的事物，和說話內容中的事物在什麼位置了。日語的指示詞有下面四個系列：

> **こ系列**—指示離說話者近的事物。
>
> **そ系列**—指示離聽話者近的事物。
>
> **あ系列**—指示說話者、聽話者範圍以外的事物。
>
> **ど系列**—指示範圍不確定的事物。

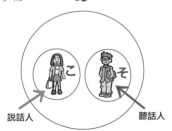

指說話現場的事物時，如果這一事物離說話者近的就用「こ系列」，離聽話者近的用「そ系列」，在兩者範圍外的用「あ系列」。指示範圍不確定的用「ど系列」。

文法 1　これ／それ／あれ／どれ

track

這一組是事物指示代名詞。「これ」（這個）指離說話者近的事物。「それ」（那個）指離聽話者近的事物。「あれ」（那個）指說話者、聽話者範圍以外的事物。「どれ」（哪個）表示事物的不確定和疑問。

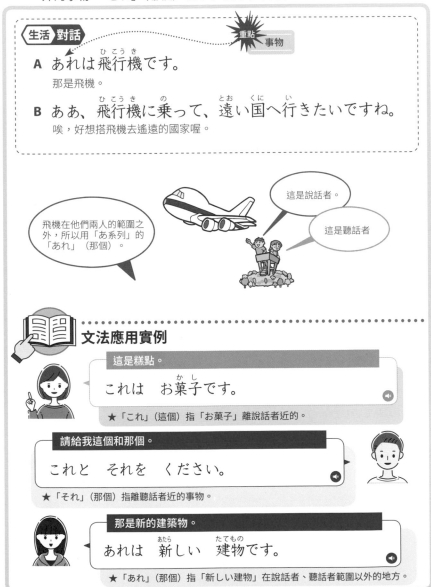

生活 對話　　　　　重點　事物

A あれは飛行機です。
那是飛機。

B ああ、飛行機に乗って、遠い国へ行きたいですね。
唉，好想搭飛機去遙遠的國家喔。

飛機在他們兩人的範圍之外，所以用「あ系列」的「あれ」（那個）。

這是說話者。

這是聽話者

文法應用實例

這是糕點。
これは　お菓子です。
★「これ」（這個）指「お菓子」離說話者近的。

請給我這個和那個。
これと　それを　ください。
★「それ」（那個）指離聽話者近的事物。

那是新的建築物。
あれは　新しい　建物です。
★「あれ」（那個）指「新しい建物」在說話者、聽話者範圍以外的地方。

この／その／あの／どの

這一組是指示連體詞。連體詞跟事物指示代名詞的不同在，後面必須接名詞。「この」（這…）指離說話者近的事物。「その」（那…）指離說話聽者近的事物。「あの」（那…）指說話者及聽話者範圍以外的事物。「どの」（哪…）表示事物的疑問和不確定。

生活 對話

重點 事物

A この方は山田先生です。
　　這位是山田老師。

B はじめまして、山田です。どうぞよろしくお願いします。
　　初次見面！敝姓山田，請多指教。

「山田老師」人靠近說話人，所以說話人介紹時用「こ系列」的「この」。

指示連體詞「この」後面一定要接名詞「方」（位）。

文法應用實例

這棟房子非常老舊。

この　家は　とても　古いです。

★「家」位置靠近說話人，所以說話人說明時用「この」。

請幫我拿那本辭典。

その　辞書を　取って　ください。

★「辞書」位置靠近聽話人，所以說話人說明時用「その」。

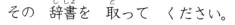

那個人是日本人。

あの　人は　日本人です。

★「人」位置在說話者及聽話者範圍以外，所以說話人用「あの」。

ここ／そこ／あそこ／どこ

這一組是場所指示代名詞。「ここ」（這裡）指離說話者近的場所。「そこ」（那裡）指離聽話者近的場所。「あそこ」（那裡）指離說話者和聽話者都遠的場所。「どこ」（哪裡）表示場所的疑問和不確定。

生活 對話　　　　　　　　　　　　　　　**重點 場所**

A どうぞ、そこに 座<ruby>座<rt>すわ</rt></ruby>ってください。

您好，請坐在那裡。

B 分<ruby>分<rt>わ</rt></ruby>かりました。 ありがとうございます。

好的。謝謝。

> 主人想請客人坐下。而客人站在沙發旁邊。

> 這時候說話的主人，就要用靠近聽話的客人的「そ系列」的「そこ」（那裡）。請客人「坐那裡」了。

文法應用實例

請在這裡脫鞋。

ここで 靴<ruby>靴<rt>くつ</rt></ruby>を 脱<ruby>脱<rt>ぬ</rt></ruby>いで ください。

★「ここ」位置靠近說話人，所以說話人說明時用「ここ」。

報紙放在哪裡？

新聞<ruby>新聞<rt>しんぶん</rt></ruby>は どこに ありますか。

★「どこ」表示不知道位置在哪裡，所以說話人說明時用「どこ」。

那裡很熱哦！

あそこは 大変<ruby>大変<rt>たいへん</rt></ruby> 暑<ruby>暑<rt>あつ</rt></ruby>いですよ。

★「あそこ」位置在說話者及聽話者範圍以外，所以說話人用「あそこ」。

こちら／そちら／あちら／どちら

這一組是方向指示代名詞。「こちら」(這邊)指離說話者近的方向。「そちら」(那邊)指離聽話者近的方向。「あちら」(那邊)指離說話者和聽話者都遠的方向。「どちら」(哪邊)表示方向的不確定和疑問。這一組也可以用來指人,「こちら」就是「這位」,下面以此類推。也可以說成「こっち そっち あっち どっち」,只是前面一組說法比較有禮貌。

〈生活〉對話　　　　　　重點　方向跟人

A そちらは 南^{みなみ}です。

那裡是南方。

B 南^{みなみ}の方^{ほう}はもう 花^{はな}が 咲^さいていると 聞^ききましたよ。

聽說南方已是百花盛開了呢。

說話的人在指方向。

由於指的是離聽話者近的方向,所以用「そ系列」的「そちら」(那邊)。

文法應用實例

這邊是東邊。

こちらは 東^{ひがし}です。

★「こちら」方向靠近說話人,所以說話人說明時用「こちら」。

錯的是你呦!

悪^{わる}いのは そっちですよ。

★「そっち」說話人指的是對方,所以用「そっち」。

您是哪一國人?

お国^{くに}は どちらですか。

★「どちら」表示不確定,所以說話人詢問時用「どちら」。

だい４かい　テスト

I　問題　（　　）の　ところに　なにを　いれますか。１・２・３・４から　いちばん　いい　ものを　１つ　えらびなさい。

001　「がいこくごの　ほんは　（　　）に　ありますか。」「２かい
□　にあります。」
　　① どれ　　② どの　　③ だれ　　④ どこ

002　「（　　）おおきな　ビルは　なんですか。」「ああ、あれは　ぎ
□　ん　こうです。」
　　① この　　② あの　　③ その　　④ どの

003　「（　　）ケーキが　おいしいですか。」「この　いちごの　ケー
□　キが　おいしいですよ。」
　　① この　　② どの　　③ どこ　　④ いつ

004　「かばん　うりばは　（　　）ですか。」「５かいです。」
□　① どちら　　② どなた　　③ こちら　　④ そちら

II　問題　どの　こたえが　いちばん　いいですか。　１・２・３・４から　いちばん　いい　ものを　一つ　えらびなさい

001　「（　　）　おおきな　たてものは　なんですか。」「あれは　ゆ
□　う　びんきょくです。」
　　① あの　　② その　　③ この　　④ どの

002　「その　ほんは　だれの　ですか。」「ああ、これですか。（　　）
□　は　わたしのです。」
　　① あれ　　② それ　　③ これ　　④ どれ

003　「（　　）じしょが　いいですか。」「そうですね、この　おお
□　きいのが　いいですよ。」
　　① この　　② あの　　③ その　　④ どの

004　「エレベーターは　（　　　　）ですか。」「こちらです。」
□　① どの　　② どれ　　③ どんな　　④ どちら

**Ⅲ　問題　どの　こたえが　いちばん　いいですか。1・2・3・4から
いちばん　いい　ものを　えらびなさい。**

001　A「たなかさんのせきは、どこですか。」
□　B「あ、（　　　　　　　　）。」
　　① そうです　　　　　　② あそこです
　　③ こんなです　　　　　④ どこです

002　A「コーヒーとこうちゃ、（　　　　　　　　　　　）ですか。」
□　B「コーヒーがいいです。」
　　① どこがいい　　　　　② どちらがいい
　　③ いつがいい　　　　　④ だれがいい

003　A「にほんごのべんきょうは（　　　　　　）。」
□　B「むずかしいですが、おもしろいです。」
　　① いつですか　　　　　② どこですか
　　③ なぜですか　　　　　④ どうですか

解題攻略筆記！

Chapter 05

讓表現更豐富 1

形容詞

● 形容詞 (現在肯定／否定)

	詞幹	詞尾	現在肯定	現在否定
青い^{あお}	青	い	青い	青くない
青い	青	い	青いです	青くないです
				青くありません

● 形容詞 (過去肯定／否定)

	詞幹	詞尾	現在肯定	現在否定	過去肯定	過去否定
青い	青	い	青い	青くない	青かった	青くなかった
青い	青	い	青いです	青くないです	青かったです	青くなかったです

文法

1 形容詞（現在肯定／否定）

track♫　形容詞是說明客觀事物的性質、狀態或主觀感情、感覺的詞。形容詞的詞尾是「い」，「い」的前面是詞幹。也因為這樣形容詞又叫「い形容詞」。形容詞主要是由名詞或具有名性質的詞加「い」或「しい」構成的。例如：「赤い」（紅的）、「楽しい」（快樂的）。形容詞的否定式是將詞尾「い」轉變成「く」，然後再加上「ない」或「ありません」。後面加上「です」是敬體，是有禮貌的表現。

生活 對話

重點 客觀事物的感覺

A この箱は重いです。
　這只箱子很重。

B 大変ですね。手伝いましょうか。
　想必很吃力，我來幫忙吧。

這個箱子怎麼樣呢？

用形容詞「重い」（重的）來客觀說明這個箱子很重。客氣的說法，後面要接「です」。

文法應用實例

這行李很重。

この 荷物は 重いです。

★用形容詞「重い」，來客觀說明「荷物」很重。

這房間很大。

この 部屋は 大きいです。

★用形容詞「大きい」，來客觀說明「部屋」很大。

這棟建築物不新。

この ビルは 新しく ありません。

★用形容詞「新しくありません」，來客觀說明「ビル」不新。

2 形容詞（過去肯定／否定）

track

形容詞的過去肯定是將詞尾「い」改成「かっ」然後加上「た」。而過去否定是將現在否定式的如「青くない」中的「い」改成「かっ」然後加上「た」。形容詞的過去式，表示說明過去的客觀事物的性質、狀態，以及過去的感覺、感情。再接「です」是敬體，禮貌的說法。

生活 對話

A 先週の旅行はどうでしたか。
上星期的旅行好玩嗎？

重點
過去客觀事物的感覺等

B 先週はとても楽しかったです。
上星期玩得很開心。

「上星期」表示已經是過去的感覺了。

感覺怎麼樣呢？用形容詞過去式「楽しかった」表示那時候很快樂。再接「です」是禮貌的說法囉！

文法應用實例

上星期非常熱。

先週は　とても　暑かったです。

★「先週」表示過去，用形容詞過去形「暑かった」。

這房間以前很大。

この　部屋は　大きかったです。

★用形容詞過去形「大きかった」，形容「部屋」以前很大。

昨天的電影無趣。

昨日の　映画は　もしろくなかった。

★「昨日」表示過去，用形容詞過去形「もしろくなかった」。

3 形容詞くて

track ♫ 形容詞詞尾「い」改成「く」，再接上「て」，表示句子還沒說完到此暫時停頓和屬性的並列（連接形容詞或形容動詞時）的意思。還有表示輕微的原因。

生活對話

重點
並列或停頓

A 赤ちゃんは小さくてかわいいです。
嬰兒小小的，好可愛喔。

B そうですね。私も赤ちゃんがほしいです。
是呀，我也好想要個小寶寶。

小嬰兒怎麼樣呢？

又「嬌小」又「可愛」，用「て」連接兩個形容詞，表示兩種屬性並列。

文法應用實例

那裡的游泳池又寬大又乾淨。

あそこの プールは 広くて きれいです。 🔊

★「広くてきれい」用「て」連接兩個形容（動）詞，表示又寬大又乾淨。

母親的手既溫暖又溫柔。

お母さんの 手は 温かくて 優しいです。 🔊

★「温かくて優しい」用「て」連接兩個形容詞，表示既溫暖又溫柔。

這個房間又明亮又安靜。

この 部屋は 明るくて 静かです。 🔊

★「明るくて静か」用「て」連接兩個形容（動）詞，表示又明亮又安靜。

4 形容詞く＋動詞

形容詞詞尾「い」改成「く」，可以修飾句子裡的動詞。

重點

修飾後面的
動詞

生活 對話

A みんなで楽しく遊びました。

我和大家玩得很開心。

B いいですね。どこか行きましたか。

太好了。去了哪裡呢？

A ボーリング場に行きました。

去了保齡球場。

大家在玩保齡球
呢！好不好玩啊！

看到「楽しく」知道「玩」
這個動作，是在「快樂」
的心情下進行的。

文法應用實例

今天早早上床睡覺。

今日は 早く 寝ます。

★動詞「寝ます」，用形容詞「早く」來修飾，表示早早上床睡覺。

將麵包切成薄片。

パンを 薄く 切ります。

★動詞「切ります」，用形容詞「薄く」來修飾，表示切成薄片。

大家一起快樂地玩耍。

みんなで 楽しく 遊びました。

★動詞「遊びました」，用形容詞「楽しく」來修飾，表示快樂地玩耍。

track♪ 形容詞要修飾名詞，就是把名詞直接放在形容詞後面。要注意喔！因為日語形容詞本身就有「…的」之意，所以不要再加「の」了喔！

重點

修飾後面的名詞

生活 對話

A 銀行の隣に高い建物があります。それが大使館ですよ。
銀行隔壁有一棟高大的建築，那裡就是大使館了。

B そうですか。ありがとうございました。
原來如此，謝謝您。

A どういたしまして。
不客氣。

銀行的隔壁有什麼呢？

這棟建築物在「高い」的形容下，知道是一棟「高大的建築物」。

文法應用實例

冷風從窗戶吹進來。

窓から 寒い 風が 入りました。

★名詞「風」，在「寒い」的形容下，知道是冷風。

哪個是正確的？

正しい ものは どれですか。

★名詞「もの」，在「正しい」的形容下，知道是正確的事物。

提了很重的行李。

重い 荷物を 持ちました。

★名詞「荷物」，在「重い」的形容下，知道是很重的行李。

文法 6 形容詞＋の

track♪ 形容詞後面接「の」，這個「の」是一個代替名詞，代替句中前面已出現過的某個名詞。而「の」一般代替的是「物」。

「の」代替
句中某名詞

生活 對話

A 肉は 高いのが おいしいですよ。
（にく）（たか）

肉類是價格高的比較好吃喔。

B でも、今日は 安いのが ほしいです。
（きょう）（やす）

可是，我今天想買便宜的。

什麼肉好吃呢？

「高いの」中的「の」指
的是「肉」。就是「貴一
點的肉」啦！

文法應用實例

有更便宜的嗎？

說明

もっと 安いのは ありますか。
（やす）

★形容詞「安い」，後接「の」，這個「の」是指前面提過事物。

給我看那個紅的。

その 赤いのを みせて ください。
（あか）

我要小的。

小さいのが ほしいです。
（ちい）

★形容詞「赤い、小さい」，後接「の」，這個「の」是指前面提過事物。

Chapter **06**

讓表現更豐富 2

形容動詞

● 形容詞（現在肯定／否定）

	詞幹	詞尾	現在肯定	現在否定
静_{しず}かだ	静か	だ	静かだ	静かではない
静かです	静か	です	静かです	静かではないです 静かではありません

● 形容詞（過去肯定／否定）

	詞幹	詞尾	現在肯定	現在否定	過去肯定	過去否定
静かだ	静か	だ	静かだ	静かではない	静かだった	静かではなかった
静かです	静か	です	静かです	静かではないです 静かではありません	静かでした	静かではなかったです 静かではありませんでした

文法 1

形容動詞（現在肯定／否定）

track♫

形容動詞具有形容詞和動詞的雙重性格，它的意義和作用跟形容詞完全相同。只是形容動詞的詞尾是「だ」。還有形容動詞連接名詞時，要將詞尾「だ」變成「な」，所以又叫「な形容詞」。形容動詞的現在肯定式中的「です」，是詞尾「だ」的敬體。否定式是把詞尾「だ」變成「で」，然後中間插入「は」，最後加上「ない」或「ありません」。「ではない」後面再接「です」就成了有禮貌的敬體了。「では」的口語說法是「じゃ」。

生活 對話

A 花は 窓のそばに 置いてください。
花請放在窗戶邊。

B はい。
好的。

A 私の部屋は きれいですわ。
我的房間很漂亮吧。

重點 客觀事物的狀態等

我的房間怎麼樣呢？

形容動詞「きれいです」是用來形容房間「整齊的」。

文法應用實例

他很有精神。

彼は 元気です。

★形容動詞「元気です」，是用來形容「彼」很有精神。

他沒有名氣。

彼は 有名では ありません。

★形容動詞「有名です」，是用來形容「彼」沒有名氣。

他沒精神。

彼は 元気じゃ ないです。

形容動詞（過去肯定／否定）

形容動詞的過去式，是將現在肯定的詞尾「だ」變成「だっ」然後加上「た」。敬體是將詞尾「だ」變成「でし」再加上「た」。過去否定式是將現在否定，如「静かではない」中的「い」改成「かっ」然後加上「た」。再接「です」是敬體，禮貌的說法。另外，還有將現在否定的「ではありません」後接「でした」，就是過去否定了。形容動詞的過去式，表示說明過去的客觀事物的性質、狀態，以及過去的感覺、感情。

生活 對話

A 去年彼女は病気でした。最近はどうですか。

她去年生病了，不曉得近況如何。

B 彼女は元気でしたよ。

她健康狀況很好喔。

> 重點
>
> 過去客觀事物的狀態等

她很有精神。這時什麼時候的事呢？

看看形容動詞「元気だ」後面接「でした」，知道是過去的事了。現在的情況可能不是那麼「元気」了。

文法應用實例

小時候很喜歡吃蔬菜。

子供の とき 野菜が 好きでした。🔊

★「子供のとき」是以前的事，要用形容動詞過去式「好きでした」。

他之前沒什麼精神。

彼は 元気じゃ なかったです。🔊

★看到形容動詞過去式「元気じゃなかったです」知道是以前的事。

他精神很好。

彼は 元気でした。🔊

形容動詞で＋形容詞

track♪ 形容動詞詞尾「だ」改成「で」，表示句子還沒說完到此暫時停頓，以及屬性的並列（連接形容詞或形容動詞時）之意。還有表示輕微的原因。

生活 對話

重點 並列或停頓

A あの公園は きれいで 大きいです。

那座公園不僅景色優美而且占地寬廣。

B あ、そうだ。今日は いい天気ですから、その公園へ いきませんか。

喔，對了！今天天氣這麼好，要不要去那座公園走一走？

那個公園怎麼樣呢？

形容動詞「きれいだ」跟形容詞「大きい」連接在一起，說明公園「又漂亮又大」是一種屬性並列的說明。

文法應用實例

這條道路既方便又新。

この 道は 便利で 新しいです。

★形容動詞「便利（だ→で）」，後接形容詞「新しい」，知道是既方便又新。

那間公寓房子既乾淨又便宜。

あの アパートは きれいで 安いです。

★形容動詞「きれい（だ→で）」，後接形容詞「安い」，知道是既乾淨又便宜。

想喝純淨又冰涼的水。

きれいで 冷たい 水が 飲みたい。

★形容動詞「きれい（だ→で）」，後接形容詞「冷たい」，知道是純淨又冰涼的。

4 形容動詞に＋動詞

track♫ 形容動詞詞尾「だ」改成「に」，可以修飾句子裡的動詞。

生活 對話

重點
形容動詞修飾動詞

A 彼はギターを上手に弾きます。

他很擅長彈吉他。

B まあ、本当にお上手ですね。

哇，真的很厲害耶！

有人在「彈吉他」呢！
彈得怎麼樣呢？

看「彈」這個動詞前面的形容動詞怎麼形容的，「上手に」就是很好啦！

 文法應用實例

醫院裡請安靜走路。

病院では 静かに 歩いて ください。

★形容動詞「静か（だ→に）」，修飾動詞「歩きます」，表示安靜走路。

很會騎腳踏車。

自転車に 上手に 乗ります。

★形容動詞「上手（だ→に）」，修飾動詞「乗ります」，表示很會騎。

 花開得很漂亮。

花が きれいに 咲きました。

★形容動詞「きれい（だ→に）」，修飾動詞「咲きました」，表示開得很漂亮。

track ♫ 形容動詞要後接名詞，是把詞尾「だ」改成「な」，再接上名詞。這樣就可以修飾後面的名詞了。如「元気な 子」（活繃亂跳的小孩）、「きれいな 人」（美麗的人）。

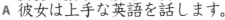

生活 對話

重點
形容動詞修飾名詞

A 彼女は上手な英語を話します。

她講得一口流利的英文。

B まあ、本当ですね。

喔，的確說得很好呢。

女孩在跟老外說話呢！女孩英語說得怎麼樣呢？

這句話把形容動詞「上手な」放在名詞「英語」之前，知道英語說得很流利啦！真是羨慕！

文法應用實例

鞋子好美喔！

きれいな 靴ですね。

★形容動詞「きれい（だ→な）」，修飾名詞「靴」，表示鞋子好美喔！

買了件耐穿的大衣。

丈夫な コートを 買いました。

★形容動詞「丈夫（だ→な）」，修飾名詞「コート」，表示耐穿的大衣喔！

他說了一口流利的日語。

彼は 上手な 日本語を 話します。

★形容動詞「上手（だ→な）」，修飾名詞「日本語」，表示流利的日語喔！

形容詞な＋の

形容動詞後面接代替句子的某個名詞「の」時，要將詞尾「だ」變成「な」。

生活 對話

A この靴(くつ)はいかがですか。

這雙鞋子您喜歡嗎？

B 丈夫(じょうぶ)なのがほしいです。

我想買耐穿的。

重點　代替某名詞

形容動詞「丈夫な」後面的「の」是指什麼呢？

指的是「鞋子」，而且是形容動詞所形容「耐穿的」。

文法應用實例

我想要耐用的。

丈夫(じょうぶ)なのが　ほしいです。

★形容動詞「丈夫（だ→な）」，後接「の」，表示「耐用的某物」。

我不擅長的是運動。

私(わたし)が　下手(へた)なのは　スポーツです。

★形容動詞「下手（だ→な）」，後接「スポーツ」，表示「不擅長的是運動」。

她討厭的是那個人。

彼女(かのじょ)が　きらいなのは　あの　人(ひと)です。

★形容動詞「きらい（だ→な）」，後接「あの人」，表示「討厭的是那個人」。

だい5かい　テスト

Ⅰ　問題　（　　）の　ところに　なにを　いれますか。1・2・3・4か
ら　いちばん　いい　ものを　一つえらびなさい。

001　わたしは　おかしが　あまりすき（　　）

□　① ではありません　② でした　③ です　④ くありません

002　ここは　とても　しずか（　　）　いい　ところです。

□　① に　② の　③ で　　④ と

003　へやを　もっと　（　　　　）してください。

□　① あかるい　② あかるく　③ あかるいに　④ あかるくに

004　この　ほんは　たいへん　（　　）です。

□　① おもしろく　② おもしろいで　③ おもしろいな
　　④ おもしろい

005　たなかさんは　とても　きれい（　　）やさしい　ひとです。

□　① に　② の　③ で　④ と

006　にんじんを　（　　）きって　ください。

□　① おおきいに　② おおきく　③ おおきに　④ おおきいで

007　（　　）きれいな　くつが　ほしいです。

□　① あたらしいの　② あたらしいくて　③ あたらしくて
　　④ あたらしの

008　「どちらが　いいですか。」「じゃあ、その　（　　）をくださ
□　い。」
　　① ちいさいいの　② ちいさいくの　③ ちいさく
　　④ ちいさいの

009　きょうは　（　　）ねて　ください。

□　① はやい　② はやく　　３はやいの　④ はやいに

010 さとうさんは つよくて （　　） ひとです。
☐ ① しんせつだ　② しんせつに　③ しんせつの
④ しんせつな

011 「このへやは いかがですか。」「もうすこし （　　） がいいで
☐ すね。」
① ひろい　② ひろいの　③ ひろいだ　④ ひろく

012 たいわんの なつは （　　） たいへんです。
☐ ① あついの　② あつい　③ あついで　④ あつくて

013 「どんな はなが いいですか。」「あかくて （　　） がいい
☐ です。」
① きれいの　② きれいなの　③ きれいにの　④ きれいの

014 てんきが （　　） なりました。
☐ ① よくに　② いいに　③ よく　④ いい

015 すみません、 （　　） みずを ください。
☐ ① さむいの　② さむい　③ つめたいの　④ つめたい

Ⅱ 問題 どの こたえが いちばん いいですか。1・2・3・4から いちばん いいものを 一つ えらびなさい

001 「なにか のみますか。」「ええ、（　　） みずを くださいま
☐ せんか。」
① さむい　② ひろい　③ つめたい　④ すずしい

002 「あめが よく ふりますね。」「でも、あしたは きっと てん
☐ き （　　） なりますよ。」
① いい　② いく　③ よい　④ よく

003 「この ケーキは どうですか。」「ええ、とても （　　） です。」
☐ ① わるい　② くらい　③ おいしい　④ あかるい

004 「たなかさんは　どのひと　ですか。」「あの　（　　　）ひとです
☐　よ。」

　　① ハンサムい　　② ハンサムで　　③ ハンサムの
　　④ ハンサムな

**│ Ⅲ　問題　どのこたえがいちばんいいですか。1・2・3・4からいちばん
いいものをえらびなさい。**

001　A「きのうの　えいがは　どうでしたか。」
☐　B「（　　　　　　　）。」
　　① しんせつでした　　　　　② とおかったです
　　③ おもしろかったでした　　④ こわかったです

002　A「かおいろが（　　　　）。だいじょうぶですか。」
☐　B「う〜ん・・・。ちょっと　あたまが　いたいです。」
　　① いいですよ　　② あついですよ　　③ こいですよ
　　④ わるいですよ

003　A「わあ、きれいな　ひとですね。」
☐　B「あの　ひとは（　　　　　　　　）。」
　　① ゆうめいなモデルです　　② しんせつなマッチで
　　③ おもしろいノートです　　④ おおきいライターです

004　A「あ、もう　3じですよ。」
☐　B「じかんが（　　　　　）。いそぎましょう。」
　　① あります　　② ありません　　③ います　　④ いません

005　A「あたらしい　へやは　どうですか。」
☐　B「えきから　ちかいですが、（　　　　）。」
　　① おおきいです　　② とおいです　　③ ひろいです
　　④ せまいです

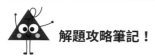

解題攻略筆記！

Chapter 07

句子的心臟
動詞

● 動詞三大類

表示人或事物的存在、動作、行為和作用的詞叫動詞。日語動詞可以分為三大類，有：

分類	ます形		辭書形	中文
一段動詞	上一段動詞	おきます すぎます おちます います	おきる すぎる おちる いる	起來 超過 掉下 在
	下一段動詞	たべます うけます おしえます ねます	たべる うける おしえる ねる	吃 受到 教授 睡覺
五段動詞	かいます かきます はなします しります かえります はしります おわります		かう かく はなす しる かえる はしる おわる	購買 書寫 說 知道 回來 跑 結束
不規則動詞	サ變動詞	します	する	做
	カ變動詞	きます	くる	來

上一段動詞

動詞的活用詞尾，在五十音圖的「い段」上變化的叫上一段動詞。一般由有動作意義的漢字，後面加兩個平假名構成。最後一個假名為「る」。「る」前面的假名一定在「い段」上。例如：

起きる（おきる）
過ぎる（すぎる）
落ちる（おちる）

下一段動詞

動詞的活用詞尾在五十音圖的「え段」上變化的叫下一段動詞。一般由一個有動作意義的漢字，後面加兩個平假名構成。最後一個假名為「る」。「る」前面的假名一定在「え段」上。例如：

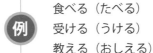

食べる（たべる）
受ける（うける）
教える（おしえる）

• •

只是，也有「る」前面不夾進其他假名的。但這個漢字讀音一般也在「い段」或「え段」上。如：

居る（いる）
寝る（ねる）
見る（みる）

五段動詞

動詞的活用詞尾在五十音圖的「あ、い、う、え、お」五段上變化的叫五段動詞。一般由一個或兩個有動作意義的漢字，後面加一個（兩個）平假名構成。

1. 五段動詞的詞尾都是由「う段」假名構成。其中除去「る」以外，凡是「う、く、す、つ、ぬ、ふ、む」結尾的動詞，都是五段動詞。例如：

買う（かう）
書く（かく）
話す（はなす）

2. 「漢字＋る」的動詞一般為五段動詞。也就是漢字後面只加一個「る」，「る」跟漢字之間不夾有任何假名的，95 % 以上的動詞為五段動詞。例如：

売る（うる）
知る（しる）
帰る（かえる）

3. 個別的五段動詞在漢字與「る」之間又加進一個假名。但這個假名不在「い段」和「え段」上，所以，不是一段動詞，而是五段動詞。例如：

 「始まる、終わる」等等。

サ變動詞

サ變動詞只有一個詞「する」。活用時詞尾變化都在「サ行」上，稱為サ變動詞。另有一些動作性質的名詞＋する構成的複合詞，也稱サ變動詞。例如：

 結婚する（けっこんする）
勉強する（べんきょうする）

カ變動詞

只有一個動詞「来る」。因為詞尾變化在カ行，所以叫做カ變動詞，由「く＋る」構成。它的詞幹和詞尾不能分開，也就是「く」既是詞幹，又是詞尾。

● 補充

	現在肯定	現在否定
現在／未來	～ます	～ません
過去	～ました	～ませんでした

五段動詞	拿掉動詞「ます形」的「ます」之後，最後將「い段」音節轉為「う段」音節。 かきます→かき→かく／ ka-ki-ma-su → ka-ki → ka-ku
一段動詞	拿掉動詞「ます形」的「ます」之後，直接加上「る」。 たべます→たべ→たべる／ ta-be-ma-su → ta-be → ta-be-ru
不規則動詞	します→する　　きます→くる

文法 1 動詞（現在肯定／否定）

track 表示人或事物的存在、動作、行為和作用的詞叫動詞。動詞的現在肯定及否定的活用如下：

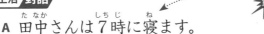

生活 對話

重點 人或事物的動作等

A 田中さんは７時に寝ます。

田中先生７點就要睡了。

B そうですか。明日のゴルフは早いですから、たくさん寝たいでしょう。

這樣哦。明天一大早有個高爾夫球局，他想睡飽一點吧。

看到表示主題的「は」就知道「田中」是後面要敘述的對象囉！

田中怎麼啦！看敘述主題動作的「寝ます」，知道在說的是「睡覺」啦！

幾點睡覺呢？看時間助詞「に」前面，原來是「7點」！

文法應用實例

今天搭乘電車。

今日は 電車に 乗ります。

★對「電車」施加「乗ります」的這個動作，表示搭乘電車。

田中先生７點起床。

田中さんは ７時に 起きます。

※ 對「7時」施加「起きます」這個動作，表示7點起床。

今天不搭乘電車。

今日は 電車に 乗りません。

track♫ 動詞過去式表示人或事物過去的存在、動作、行為和作用。動詞過去的肯
定和否定的活用如下：

生活 對話

A トニーさん、漢字（かんじ）の練習（れんしゅう）をしましたか。

Tony，練習漢字了嗎？

B 昨日（きのう）は勉強（べんきょう）しました。

昨天複習過了。

重點 過去的行為等

現在在敘述的是昨天的事喔！

カリカリ…

所以後面的動詞要用過去式的「勉強しました」。

 文法應用實例

上星期有看電視。

先週（せんしゅう）は　テレビを　見（み）ました。

★看到「先週」，所以動詞用「見る」的過去形「見ました」。

昨天看了書。

昨日（きのう）は　勉強（べんきょう）しました。

★看到「昨日」，所以動詞用「勉強する」的過去形「勉強しました」。

昨天沒有看書。

昨日（きのう）は　勉強（べんきょう）しませんでした。

※ 看到「昨日」，所以動詞用「勉強しない」的過去形「勉強しませんでした」。

3 動詞（普通形）

track♪ 相對於「動詞ます形」，動詞普通形說法比較隨便，一般用在關係跟自己
比較親近的人之間。因為辭典上的單字用的都是普通形，所以又叫辭書
形。普通形怎麼來的呢？

生活 對話

重點
用在親近的人

A 朝は新聞を読まない。
我早上不看報紙。

B じゃ、いつ読みますか。
那麼，什麼時候看呢？

A 大体、晩ご飯の後だね。新聞を読んでからゆっくり
テレビを見るのだ。
通常是吃過晚飯以後。看完報紙再悠哉地看電視。

文法應用實例

今天搭乘電車。

今日は 電車に 乗る。

★跟關係比較親近的，一般用普通形。「乗ります」普通形是「乗る」。

上星期有唸書。

先週は 勉強した。

★跟關係比較親近的，一般用普通形。「勉強しました」普通形是「勉強した」。

動詞＋名詞

track 🎵　動詞的普通形，可以直接修飾名詞。

重點　修飾

〈生活〉對話

A あれは大学へ行くバスです。

　那是開往大學的巴士。

B そうですか。じゃあ、あのバスは桜町まで行きますか。

　是哦。那麼，那輛巴士會到櫻町嗎？

看到「は」知道要
說的是「那個＝公
車」。

是什麼公車呢？用
「大学へ行く」（開
往大學）來整個說明
這輛「公車」。

文法應用實例

昨天去的圖書館很大間。

昨日　行った　図書館は　大きかったです。🔊

★動詞普通形「行った」，修飾名詞「図書館」。

他說的是英語。

彼の　話す　言葉は　英語です。🔊

★動詞普通形「話す」，修飾名詞「言葉」。

昨天吃的麵包真好吃。

昨日　食べた　パンは　おいしかった。🔊

★動詞普通形「食べた」，修飾名詞「パン」。

track♪ 動詞沒有目的語，用「…が…ます」這種形式的叫「自動詞」。「自動詞」是因為自然等的力量，沒有人為意圖而發生的動作，焦點在物體上。「自動詞」不需要有目的語，就可以表達一個完整的意思。相當於英語的「不及物動詞」。

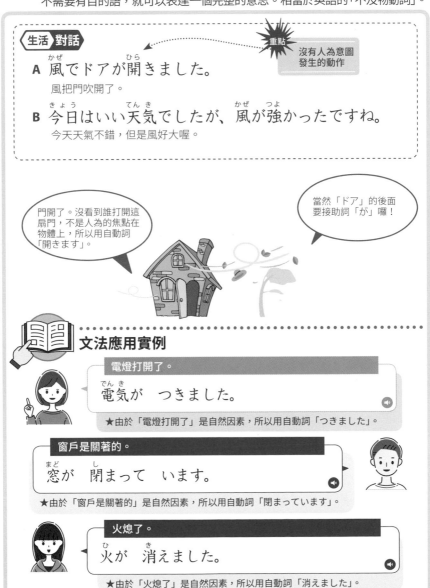

生活 對話

重點
沒有人為意圖
發生的動作

A 風でドアが開きました。
風把門吹開了。

B 今日はいい天気でしたが、風が強かったですね。
今天天氣不錯，但是風好大喔。

門開了。沒看到誰打開這扇門，不是人為的焦點在物體上，所以用自動詞「開きます」。

當然「ドア」的後面要接助詞「が」囉！

文法應用實例

電燈打開了。

電気が つきました。

★由於「電燈打開了」是自然因素，所以用自動詞「つきました」。

窗戶是關著的。

窓が 閉まって います。

★由於「窗戶是關著的」是自然因素，所以用自動詞「閉まっています」。

火熄了。

火が 消えました。

★由於「火熄了」是自然因素，所以用自動詞「消えました」。

文法

6 ～を＋他動詞

track 🎵 跟「自動詞」相對的，有動作的涉及對象，用「～を～ます」這種形式，名詞後面接「を」來表示動作的目的語，這樣的動詞叫「他動詞」。「他動詞」是人為的，有人抱著某個目的有意識地作某一動作。焦點在人為。

生活 對話

重點

有意圖地做某動作

A 姉はドアを開けました。

姊姊把門打開了。

B 姉はかぎの開け方を教えてくれました。

姐姐教了我如何使用鑰匙開門。

姊姊把門打開了。門是因為姊姊這一人為的動作（焦點在人為）而被打開，所以用他動詞「開けます」。

由於動作有涉及的對象，所以「ドア」的後面要接助詞「を」來表示目的語囉！

文法應用實例

我開了燈。

私は 電気を つけました。

★由於「我開了燈」是人為因素，所以用他動詞「つけました」。

我開了窗戶。

私は 窓を 開けました。

★「我開了窗戶」是人為因素，所以用他動詞「開けました」。

我滅了火。

私は 火を 消しました。

★「我滅了火」是人為因素，所以用他動詞「消しました」。

他動詞 (VS) 自動詞

糸を 切る。
剪線。

糸が 切れる。
線斷了。

火を 消す。
滅火。

火が 消える。
火熄了。

ものを 落とす。
東西扔掉。

ものが 落ちる。
東西掉了。

木を 倒す。
把樹弄倒。

木が 倒れる。
樹倒了。

タクシーを 止める。
攔下計程車。

タクシーが 止まる。
計程車停了下來。

● 動詞「て」形的變化如下

	普通形	て形	普通形	て形
一段動詞	みる おきる きる	みて おきて きて	たべる あげる ねる	たべて あげて ねて
五段動詞	いう あう かう	いって あって かって	あそぶ よぶ とぶ	あそんで よんで とんで
	まつ たつ もつ	まって たって もって	のむ よむ すむ	のんで よんで すんで
	とる うる つくる	とって うって つくって	しぬ	しんで
	＊いく	いって	かく きく はたらく	かいて きいて はたらいて
	＊＊はなす かす だす	はなして かして だして	およぐ ぬぐ	およいで ぬいで
不規則動詞	する 勉強する	して 勉強して	くる	きて

說明：
1. 一段動詞很簡單只要把結尾的「る」改成「て」就好了。
2. 五段動詞以「う、つ、る」結尾的要發生「っ」促音便。以「む、ぶ、ぬ」結尾的要發生「ん」撥音便。以「く、ぐ」結尾的要發生「い」音便。以「す」結尾的要發生「し」音便。
3. ＊例外　＊＊特別

動詞＋て（連接短句）

track♫　單純的連接前後短句成一個句子，表示並舉了幾個動作或狀態。

生活 對話

重點 並舉動作

A 太郎はよく食べて、よく寝ます。

太郎吃得多、睡得好。

B じゃ、とても元気でしょうね。

這麼說，他一定長得頭好壯壯嘍。

太郎怎麼樣了。

「吃得多」跟「睡得好」用「て」來連接。

文法應用實例

太郎很會吃也很會睡。

太郎は　よく食べて、よく　寝ます。

早上吃麵包，喝牛奶。

朝は　パンを　食べて、牛乳を　飲みます。

★用「動詞＋て」，表示並舉了幾個動作「吃麵包、喝牛奶」。

考試10點開始，12點結束。

試験は　10時に　始まって、12時に　終わります。

★用「動詞＋て」，表示並舉了幾個動作「考試 10 點開始，12 點結束」。

文法 8　動詞＋て（時間順序）

track♬　連接行為動作的短句時，表示這些行為動作一個接著一個，按照時間順序進行。除了最後一個動作以外，前面的動詞詞尾都要變成「て形」。

重點
動作按時間順序做

生活 對話

A 朝起きて、顔を洗って、朝ご飯を食べます。
　早晨起床後洗臉，接著吃早餐。

B 朝は忙しいでしょうね。
　想必早上很忙吧。

花子起來囉！

起床、洗臉、吃早餐。這三個動作是一個接一個，按照動作的先後順序排列起來的。

 → →

　文法應用實例

　工作做完，就離開公司。

仕事が　終わって、会社を　出ます。

★用「終わっ＋て」，表示時間順序「工作做完，就離開公司」。

　晚上看書，然後寫信，最後就睡覺了。

夜　本を　読んで、手紙を　書いて、寝ました。

★用「読ん＋て、書い＋て」，表示「看書，然後寫信，最後就睡覺了」。

　早上起床、洗臉之後，就吃早餐。

朝　起きて、顔を　洗って、朝ごはんを　食べます。

★用「起き＋て、洗っ＋て」，表示「起床之後，就洗臉」。

文法 9 動詞＋て（方法、手段）

track♫ 表示行為的方法或手段。

生活 對話

A いつもどうやって英語（えいご）を勉強（べんきょう）しているんですか。

你通常都用什麼方式學英文呢？

B 私（わたし）は大体（だいたい）テープを聞（き）いて、英語（えいご）を勉強（べんきょう）します。

我通常透過聽錄音帶學英文。

重點 方法或手段

用什麼方法學英語呢？

用「て」表示，方法是「聽卡帶」。沒錯！學語言就是要多聽喔！

文法應用實例

查辭典背單字。

辞書（じしょ）を 見（み）て、単語（たんご）を 覚（おぼ）えます。

★用「見＋て」，表示方法是「查辞典」。

搭船過河。

船（ふね）に 乗（の）って、川（かわ）を 渡（わた）ります。

★用「乗っ＋て」，表示方法是「搭船」。

躺在床上休息。

ベッドに 寝（ね）て、休（やす）みます。

★用「寝＋て」，表示方法是「躺在床上」。

10 動詞＋て（原因）

track 表示原因。

生活 對話

A 風邪を引いて、学校を休みました。
因為感冒了而沒去上課。

B そうですか。お大事に。
原來如此。請多保重。

為什麼沒去上課呢？

看「て」前面，原來是因為「感冒了」。

文法應用實例

工作了一整天，好累！

一日中 働いて、疲れました。

★用「働い＋て」，表示好累的原因是「工作了一整天」。

感冒了，頭很痛！

かぜを ひいて、頭が 痛いです。

★用「ひい＋て」，表示頭很痛的原因是「感冒了」。

下雪了，好冷！

雪が 降って、寒いです。

★用「降っ＋て」，表示好冷的原因是「下雪了」。

track

文法 11 動詞＋ています（動作進行中）

表示動作或事情的持續，也就是動作或事情正在進行中。我們來看看動作的三個時態。就能很明白了。

そうじ
掃除を します。
將要打掃。

重點 表示準備打掃。

そうじ
掃除を して います。
正在打掃。

重點 表示打掃的動作，是從之前的某一時間開始一直持續到現在。

そうじ
掃除を しました。
打掃過了。

重點 表示打掃這個動作已經結束了。

文法應用實例

正在下雨。

あめ　　ふ
雨が 降って います。

★用「降っ＋ています」，表示動作進行中「正在下雨」。

爸爸在抽煙。

ちち　　たばこ　　す
父は 煙草を 吸って います。

★用「吸っ＋ています」，表示動作進行中「正在抽煙」。

田中小姐正在聽音樂。

たなか　　おんがく　　き
田中さんは 音楽を 聞いて います。

★用「聞い＋ています」，表示動作進行中「正在聽音樂」。

動詞＋ています（習慣性）

「動詞＋ています」跟表示頻率的「每日、いつも、よく、時々」等單詞使用，就有習慣做同一動作的意思。

生活 對話

重點
習慣做同一動作

A 姉は毎朝牛乳を飲んでいます。

姊姊固定每天早上喝牛奶。

B 兄は毎朝音楽を聞きながら、ゆっくりコーヒーを飲んでいます。

哥哥每天早上總是一邊聽音樂，一邊悠哉地喝咖啡。

雖然喝牛奶只有一次。

但因為是重複性的動作，也可以當作是有繼續性的事情。

文法應用實例

弟弟經常在公園玩耍。

弟は いつも 公園で 遊んで います。

★用「遊ん＋でいます」，表示頻率「經常玩耍」。

田中先生經常穿藍色西裝。

田中さんは いつも 青い スーツを 着て います。

★用「着＋ています」，表示頻率「經常穿藍色西裝」。

每天坐電車上班。

毎日 電車で 会社に 行きます。

文法

13 動詞＋ています（工作）

track♫ 「動詞＋ています」接在職業名詞後面，表示現在在做什麼職業。也表示某一動作持續到現在，也就是說話的當時。

（生活）對話

重點 現在做什麼職業

A 姉は日本語の先生をしています。
　あね　に ほん ご　　せんせい
家姐是日文老師。

B じゃ、たくさんの留学生に教えていますね。
　　　　　　　　りゅうがくせい　おし
這麼說，您姐姐有很多學生是留學生嘍。

姉姉當老師這一個動作，
持續到現在。

文法應用實例

家父在銀行上班。

父は　銀行で　働いて　います。
ちち　ぎんこう　はたら

★用「働い＋ています」，表示現在從事什麼工作。

哥哥在汽車公司上班。

兄は　自動車会社に　勤めて　います。
あに　じ どうしゃがいしゃ　つと

★用「勤め＋ています」，表示現在從事什麼工作。

我在日商公司上班。

私は　日本の　会社に　勤めて　います。
わたし　に ほん　かいしゃ　つと

Chapter7 ／ 句子的心臟 - 動詞

| 137

14 動詞＋ています（結果或狀態的持續）

track

「動詞＋ています」也表示某一動作後的結果或狀態還持續到現在，也就是說話的當時。

生活 對話

重點 動作後結果或狀態的持續

A 花瓶が割れています。
花瓶破了。

B ああ、大変だ。父に言わないで。
天啊，慘了！不要告訴爸爸。

花瓶破了。

唉呀！花瓶掉在地上呢！掉在地上這一狀態是在說話之前發生的結果。而這一動作結果還存在的狀態。

文法應用實例

牆壁上掛著畫。

壁に 絵が 掛かって います。

★用「掛かっ＋ています」，表示牆壁上掛著畫這一狀態的持續。

書排列著。

本が 並んで います。

★用「並ん＋でいます」，表示書籍排列著這一狀態的持續。

他有2000日圓。

彼は 2000円 持って います。

★用「持っ＋ています」，表示他有 2000 圓這一狀態的持續。

動詞ないで

是「動詞ない形＋て形＋ください」的形式。表示否定的請求命令，請求對方不要做某事。可譯作「請不要…」。

重點
動詞否定型+て形+
ください

〈生活〉**對話**

A 夜10時過ぎに、電話かけないでください。
よる じゅう じ す でん わ

晚上10點過後請別打電話給我。

B わかりました。すみません。

知道了。對不起。

晚上十點了多了。

希望對方不要打電話，就說「電話を　かけないでください」。

文法應用實例

請不要進入那間教室。

その　教室に　入らないで　ください。
きょうしつ　　はい

★用「入らない＋でください」，表否定請求「請不要進入那間教室」。

請不要開燈。

電気を　つけないで　ください。
でん き

★用「つけない＋でください」，表否定請求「請不要開燈」。

請不要吃太多的蛋。

卵を　あまり　食べないで　ください。
たまご　　　　　　た

★用「食べない＋でください」，表否定請求「請不要吃太多的蛋」。

動詞ないで

是「動詞的ない形形＋て形」的形式。表示附帶的狀況，也就是同一個動作主體的行為「在不做…的狀態下，做…」的意思；也表示並列性的對比，也就是對比述說兩個事情，「不是…，卻是做後面的事 發生了別的事」，後面的事情大都是跟預料、期待相反的結果。可譯作「沒…反而…」。

生活 對話

重點 附帶狀況

A 窓を閉めないで、寝ました。
　　　まど　し　　　　　　　　　ね

沒關窗戶就睡了。

B 風邪をひきますよ。それに危ないですよ。
　　　か ぜ　　　　　　　　　　　　あぶ

那樣會感冒，而且很危險喔。

兩兄妹睡得好香甜喔！

睡覺這一狀態，附帶了「窓を閉めないで」（沒關窗戶）這一狀態。

文法應用實例

沒吃早餐就出門了。

朝ごはんを 食べないで、出かけました。
あさ　　　　た　　　　　　　で

★這句是出門了這一狀態，附帶了「朝ごはんを食べないで」這一狀態。

家長沒來，而孩子卻來了。

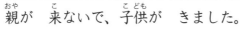

親が 来ないで、子供が きました。
おや　こ　　　　　こ ども

★這句是孩子來了這一狀態，附帶了「親が来ないで」這一狀態。

文法

17 自動詞＋～ています

track

表示跟目的、意圖無關的某個動作結果或狀態，還持續到現在。自動詞的語句大多以「…ています」的形式出現。

生活 對話

重點　無意圖做的

A 本が落ちていますよ。

您的書掉到地上了。

B ああ、すみません。ありがとうございました。

喔，不好意思。謝謝您。

桌上的書掉了下來。不是有誰故意的。

唉呀！書掉在地上呢！掉在地上這一狀態是在說話之前發生。而這一動作狀態還持續到現在。

 文法應用實例

門關著。

ドアが 閉まって います。

★門關著，是一種自然的現象，所以用自動詞「閉まっ＋ています」。

天空有星星。

空に 星が 出て います。

★天空有星星，是一種自然的現象，所以用自動詞「出＋ています」。

庭院裡玫瑰花綻放著。

庭に バラが 咲いて います。

★玫瑰花綻放著，是一種自然的現象，所以用自動詞「咲い＋ています」。

track♫ 表示抱著某個目的、有意圖地去執行，當動作結束之後，那一動作的結果還存在的狀態。可譯作「…著」、「已…了」。他動詞的語句大多以「…てあります」的形式出現。

生活 對話

A 最近、気温もだんだんさがって、寒くなってきましたね。

最近，氣溫持續下滑，愈來愈冷了。

重點 → 有意圖做的

B もう冬の服も出してあります。

我已經把冬天的衣服拿出來穿了。

為了冬天要穿。

所以把冬天的衣服拿出來。

文法應用實例

桌上放著雜誌。

机に 雑誌が おいて あります。

★因「桌上放著雜誌」的結果還存在，而用他動詞「おいて＋あります」。

晚餐做好了。

晩御飯は 作って あります。

★因「晚餐做好了」的結果還存在，而用他動詞「作って＋あります」。

有貼郵票。

切手が 貼って あります。

★因「有貼郵票」的結果還存在，而用他動詞「貼って＋あります」。

● 名詞

表示人或事物名稱的詞。多由一個或一個以上的漢字構成。也有漢字和假名混寫的或只寫假名的。名詞在句中當做主語、受詞及定語。名詞沒有詞形變化。
日語名詞語源有：

1. 日本固有的名詞

水（みず）水、花（はな）花、人（ひと）人、山（やま）山

2. 來自中國的詞

先生（せんせい）老師、教室（きょうしつ）教室、中国（ちゅうごく）中國、
辞典（じてん）字典

3. 利用漢字造的詞

自転車（じてんしゃ）腳踏車、映画（えいが）電影、風呂（ふろ）浴缸、
時計（とけい）時鐘

4. 外來語名詞

バス (bus) 巴士、テレビ (television) 電視、ギター (guitar) 吉他、
コップ (cop) 杯子

日語名詞的構詞法有

1. 單純名詞

頭（あたま）頭、ノート (note) 筆記、机（つくえ）桌子、月（つき）月亮

2. 複合名詞

名詞＋名詞─花瓶（かびん）花瓶
形容詞詞幹＋名詞─白色（しろいろ）白色
動詞連用形＋名詞─飲み物（のみもの）飲料
名詞＋動詞連用形─金持ち（かねもち）有錢人

3. 派生名詞

重さ（おもさ）重量、遠さ（とおさ）遠的程度、立派さ（りっぱさ）華麗
程度、白く（しろく）白

4. 轉化名詞

形容詞轉換成名詞─白（しろ）白、黑（くろ）黑
動詞轉換成名詞─帰り（かえり）歸途、始め（はじめ）開始

● 外來語

日語中的外來語，主要指從歐美語言中音譯過來的（習慣上不把從中國吸收的漢語看作外來語），其中多數來自英語。書寫時只能用片假名。例如：

來自各國的外來語

1. 來自英語的外來語

バス (bus) 公共汽車、テレビ (television) 電視

2. 來自其他語言的外來語

パン　麵包（葡萄牙語）、タバコ　香菸（西班牙語）、コップ　杯子（荷蘭語）

外來語的分類

1. 純粹的外來語―不加以改變，按照原意使―用的外來語。例如，

アイロン (iron) 熨斗

アパート (apartment) 公寓

カメラ (camera) 照相機

2. 日式外來語―以英語詞彙為素材，創造出來的日式外來語。這種詞彙雖貌似英語，但卻是英語所沒有的。例如，

auto+bicycle →オートバイ　摩托車

back+mirror →バックミラー　後照鏡

salary+man →サラリーマン　上班族

3. 轉換詞性的外來語―把外來語的意義或形態部分加以改變或添加具有日語特徵成分的詞語。例如，把具有動作性質的外來語，用「外來語＋する」的方式轉變成動詞。

テストする　測驗

ノックする　敲門

キスする　接吻

還有，把外來語加上「る」，使其成為五段動詞。

メモる　做筆記

サボる　怠工

ミスる　弄錯

だい6かい　テスト

I　問題　（　）の　ところに　なにを　いれますか。1・2・3・4か
ら　いちばん　いい　ものを　1つえらびなさい。

001　あついですね。　まど（　　）　あけて　ください。
□　① を　　② で　　③ が　　④ に

002　とつぜん　でんき（　　）　きえました。
□　① を　　② で　　③ が　　④ に

003　あさ　（　　）、すぐ　かおを　あらいます。
□　① おきました　　② おきて　　③ おきます　　④ おきに

004　かちょうは　いま　でんわに（　　）。
□　① でてあります　　② でていります　　③ でてありません
　　④ でています

005　テーブルの　うえに　コップが（　　）。
□　① おいています　　② おいてあります　　③ おきます　　④ います

006　きょうかしょを　（　　）　こたえて　ください。
□　① みます　　② みないで　　③ みまして　　④ みました

II　問題　どの　こたえが　いちばん　いいですか。1・2・3・4からい
ちばん　いいものを　一つ　えらびなさい

001　「きょうかしょを　みても　いいですか。」「いいえ　だめです。
□　（　　）ください。」
　　① みて　　② みます　　③ みないで　　④ みず

002　「いとうさんは　いますか。」「すみません　いま　ほかの　かい
□　しゃに　（　　）。」
　　① いきます　　② いっています　　③ いってあります
　　④ いっておきます

003 「この　たんごの　いみが　わかりません。」「じしょで　（　　　）
□　　ください。」
　　①　しらべる　　②　しらべます　　③　しらべない　　④　しらべて

004 「よるは　なにを　しますか。」「かぞくと　ばんごはんを　（　　　）
□　　テレビを　みます。」
　　①　たべますて　　②　たべるて　　③　たべて　　④　たべに

▌Ⅲ　問題　どのこたえがいちばんいいですか。1・2・3・4からいちばん
▌いいものをえらびなさい。

001　　A「あついですね。まどを　（　　　　　　　　）。」
□　　　B「あ、ありがとうございます。」
　　　①　あけませんか　　②　あけましょうか　　③　しめませんか
　　　④　しめましょうか

002　A「くらいですね。でんきを　（　　　　　　　　）。」
□　　B「はい、わかりました。」
　　　①　つけません　　②　つけました　　③　つけてください
　　　④　つけないで　しょう

003　A「すみません、きょうかしょを　（　　　　　　　）。」
□　　B「じゃ、となりの　クラスの　ひとに　かりて　ください。」
　　　①　かします　　②　あります　　③　わすれました
　　　④　ありません

004　A「おんせんですか。いいですね。（　　　　　　　）。」
□　　B「かぞくと　いきました。」
　　　①　どこへ　いきましたか　　②　だれと　いきましたか
　　　③　いつ　いきましたか　　　④　どうして　いきましたか

だい７かい　テスト

Ⅰ　問題　（　　）の　ところに　なにを　いれますか。１・２・３・４か
らいちばん　いい　ものを　１つ　えらびなさい。

001　「この　かばんは　ちんさん（　　）ですか。」「ええ、そうで
　□　す。」
　　　①の　　②で　　③に　　④を

002　これは　ちゅうごくごの　ほん（　　）、あれは　えいごの　ほ
　□　んです。
　　　①の　　②で　　③に　　④と

003　あしたは　たぶん　（　　）でしょう。
　□　①あめの　　②あめで　　③あめ　　④あめと

004　この　つくえは　せんせい（　　）です。
　□　①に　　②の　　③を　　④と

Ⅱ　問題　どの　こたえが　いちばん　いいですか。　１・２・３・４から
いちばん　いいものを　一つ　えらびなさい

001　「この　かさは　だれ（　　）ですか。」「わたしのです。」
　□　①の　　②が　　③に　　④で

002　「おこさんは　いま　（　　）ですか。」「ええ、そうです。」
　　　①がくせいの　　②がくせいが　　③がくせいで　　④がくせい

003　「この　ほん（　　）　あの　ほんを　ください。」「はい、あり
　□　が　　とうござ　　います。」
　　　①や　　②で　　③と　　④を

004　「こうさんは　どこで　はたらいて　いますか。」「にほん（　　）
　　　かいしゃで　はたらいて　います。」
　　　①で　　２　に　　③の　　④と

Ⅲ　問題　どの　こたえが　いちばん　いいですか。1・2・3・4から
いちばん　いい　ものを　えらびなさい。

001　A「きれいな　とけいですね。」
□　B「これは　アメリカの　とけい（　　　）、これは　スイスの
　　　　とけいです。」
　　　①　は　　②　が　　③　で　　④　と

002　A「りょこうは　どうでしたか。」
□　B「おもしろく（　　　）、たのしかったです。」
　　　①　と　　②　て　　③　し　　④　が

003　A「わあ、きれいな　ひとですね。」
□　B「きっと（　　　　　　　）でしょう。」
　　　①　モデル　　②　モデルだ　　③　モデルの　　④　モデルと

004　A「えきまで、なにで　きましたか。」
□　B「（　　　　　　　）きました。」
　　　①　バスでした　　②　タクシーので　　③　バスで
　　　④　タクシーまで

解題攻略筆記！

Chapter 08

應用在句中

句型

表示想要什麼的時候，跟某人要求某事物。可譯作「我要…」、「給我…」。

生活對話

重點 跟某人要求某物

A かわいいバッグをください。

　　我想買一只可愛的包包。

B じゃ、この白いのはどうですか？かわいいですよ。

　　那麼，這只白色的您喜歡嗎？很可愛唷。

A 白いのはちょっと…。

　　我不太想買白色的……。

店員問你要什麼樣的皮包？

只要在「をください」前面加上自己想要的東西，就可以了。

文法應用實例

給我通電話。

電話を　ください。

★要某人打電話給自己，就加在「をください」前。

給我黑襯衫。

黒い　シャツを　ください。

★向某人要黑襯衫，就加在「をください」前。

給我3枝鉛筆。

鉛筆を　3本　ください。

★向某人要3枝鉛筆，就加在「をください」前。

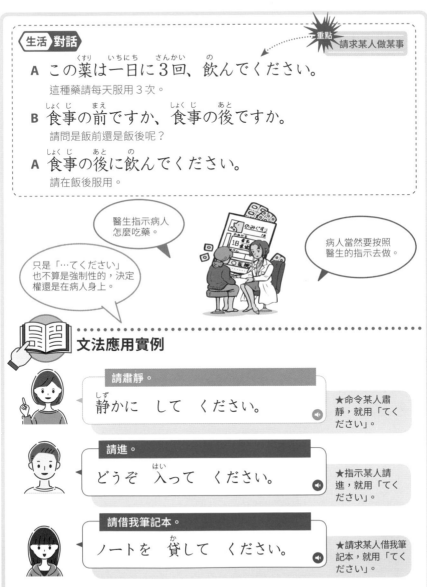

文法

2 ～てください

track♪ 表示請求、指示或命令某人做某事。一般常用在老師跟學生、上司對部屬、醫生對病人等指示、命令的時候。可譯作「請…」。

生活 對話

重點 請求某人做某事

A この薬は一日に３回、飲んでください。

　　這種藥請每天服用３次。

B 食事の前ですか、食事の後ですか。

　　請問是飯前還是飯後呢？

A 食事の後に飲んでください。

　　請在飯後服用。

醫生指示病人
怎麼吃藥。

病人當然要按照
醫生的指示去做。

只是「…てください」
也不算是強制性的，決定
權還是在病人身上。

文法應用實例

請肅靜。

静かに して ください。

★命令某人肅
靜，就用「てく
ださい」。

請進。

どうぞ 入って ください。

★指示某人請
進，就用「てく
ださい」。

請借我筆記本。

ノートを 貸して ください。

★請求某人借我筆
記本，就用「てく
ださい」。

～ないでください

track♫ 表示否定的請求命令，請求對方不要做某事。可譯作「請不要…」。

生活 對話

A 今から卵に塩を入れます。
接下來在蛋裡加鹽。

重點 否定的請求

B あっ、あまり塩を入れないでください。
啊，請不要放太多鹽巴。

適當地攝取鹽巴，
身體才會健康。

請對方不要放
太多鹽巴。

文法應用實例

請不要吃我的蛋糕。

私の ケーキを 食べないで ください。

★請求對方不要吃，就用「食べないでください」。

請勿在此游泳。

ここで 泳がないで ください。

★請求對方不要游泳，就用「泳がないでください」。

請不要大聲說話。

大きい 声で 話さないで ください。

★請求對方不要說話，就用「話さないでください」。

動詞てくださいませんか

跟「～てください」一樣表示請求。但是說法更有禮貌，由於請求的內容對對方負擔較大，因此有婉轉地詢問對方是否願意的語氣。可譯作「能不能請你…」。

生活 對話

重點　禮貌的請求

A 写真を撮ってくださいませんか。

可以麻煩您幫忙拍張照片嗎？

B いいですよ。写真を撮りますよ。はい、チーズ。

沒問題。要拍嘍，請說cheese！

跟對方當然要按照去做「てください」相比。

「てくださいませんか」可以用在對方不一定要照著做的時候，所以說法要更客氣。

 文法應用實例

能否請您借我這個？

これを 貸して くださいませんか。

★有禮貌婉轉地詢問對方，就用「貸してくださいませんか」。

能否請回答問題？

質問に 答えて くださいませんか。

★有禮貌婉轉地請求能否回答問題，就用「答えてくださいませんか」。

能否請您安靜一點？

ちょっと 静かに して くださいませんか。

★有禮貌婉轉地請求對方能否安靜一點，就用「静かにしてくださいませんか」。

5 動詞ましょう

track♫

是「動詞ます形＋ましょう」的形式。表示邀約、勸誘對方跟自己一起做某事。一般用在做那一行為、動作，事先已經規定好，或已經成為習慣的情況。也用在回答時。可譯作「做…吧」。

生活 對話

重點 勧誘

A そろそろ出かけましょう。
我們該出門了。

B そうですね。7時にはみんなレストランに着きますので、今から出るとちょうどいいでしょうね。
是啊。大家會在7點抵達餐廳，現在出門應該時間剛好。

跟先生說好，今天晚上7點要參加婚禮的。

6點多了，唉呀「出かけましょう」該出門啦！

文法應用實例

我們去買水果吧！

果物を 買いに 行きましょう。

★邀約對方跟自己一起去買水果，就用「行き＋ましょう」。

休息一下吧！

ちょっと 休みましょう。

★邀約對方跟自己一起休息，就用「休み＋ましょう」。

大聲唱吧！

大きな 声で 歌いましょう。

★邀約對方跟自己一起唱，就用「歌い＋ましょう」。

動詞ませんか

是「動詞ます形＋ませんか」的形式。表示行為、動作是否要做，在尊敬對方抉擇的情況下，有禮貌地邀約、勸誘對方，跟自己一起做某事。可譯作「要不要…吧」。

生活 對話

重點 勸誘

A いっしょに映画を見ませんか。

要不要一起看場電影？

B いいですね。

好啊。

A 何か見たい映画はありますか。

有想看的電影嗎？

星期假日，想邀女朋友去看場電影。

工作盡職的女友，不知道能不能挪出時間，那就用體諒對方的方式「ませんか」邀約她吧！

文法應用實例

要不要做蛋糕？

ケーキを 作りませんか。

★禮貌地邀約對方跟自己一起做（蛋糕），就用「作り＋ませんか」。

下個月要不要去日本旅遊？

来月 日本へ 旅行に 行きませんか。

★禮貌地邀約對方跟自己一起去（日本旅遊），就用「行き＋ませんか」。

要不要去海邊玩？

海に 遊びに 行きませんか。

★禮貌地邀約對方跟自己一起去（海邊玩），就用「行き＋ませんか」。

〜がほしい

track

是「名詞＋が＋ほしい」的形式。表示說話人（第一人稱）想要把什麼東西弄到手，想要把什麼東西變成自己的，希望得到某物的句型。「ほしい」是表示感情的形容詞。希望得到的東西，用「が」來表示。疑問句時表示聽話者的希望。可譯作「…想要…」。

生活 對話

A もうすぐ夏のボーナスが出ますが、何か欲しいものがありますか。

夏季獎金快要發放了，有什麼想要的東西嗎？

重點 說話人想得到某物

B そうですね。テレビや冷蔵庫などがほしいです。

我想想……我想買電視或冰箱之類的家電。

看到電器用品大拍賣，是不是很心動！

想要什麼東西就用「がほしい」（想要）這個句型，「が」前面是想要的東西。

文法應用實例

我想要一部新腳踏車。

新しい　自転車が　ほしいです。

★「ほしい」表示說話人希望得到「が」前的「新しい自転車」。

我想要大間房子。

大きな　家が　ほしいです。

★「ほしい」表示說話人希望得到「が」前的「大きな家」。

我一直想要這個。

これが　ほしかったんです。

★「ほしい」表示說話人希望得到「が」前的「これ」。

文法

8

track♫

動詞たい

是「動詞ます形＋たい」的形式。表示說話人（第一人稱）內心希望某一行為能實現，或是強烈的願望。疑問句時表示聽話者的願望。「たい」跟「ほしい」一樣也是形容詞。可譯作「…想要做…」。

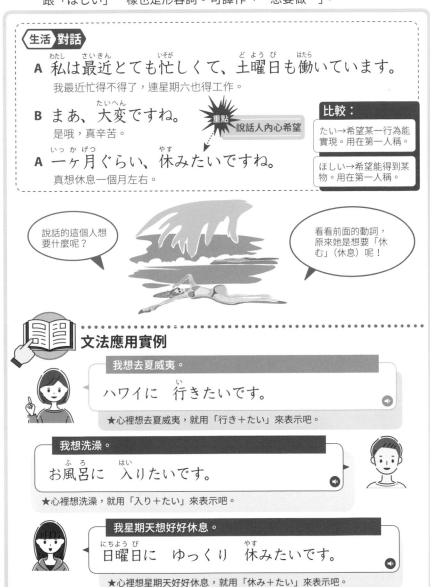

生活　對話

A 私は最近とても忙しくて、土曜日も働いています。
　我最近忙得不得了，連星期六也得工作。

B まあ、大変ですね。
　是哦，真辛苦。

重點　說話人內心希望

比較：

たい→希望某一行為能實現。用在第一人稱。

ほしい→希望能得到某物。用在第一人稱。

A 一ヶ月ぐらい、休みたいですね。
　真想休息一個月左右。

說話的這個人想要什麼呢？

看看前面的動詞，原來她是想要「休む」（休息）呢！

文法應用實例

我想去夏威夷。

ハワイに　行きたいです。

★心裡想去夏威夷，就用「行き＋たい」來表示吧。

我想洗澡。

お風呂に　入りたいです。

★心裡想洗澡，就用「入り＋たい」來表示吧。

我星期天想好好休息。

日曜日に　ゆっくり　休みたいです。

★心裡想星期天好好休息，就用「休み＋たい」來表示吧。

track♫ 是「普通形＋とき」、「な形容詞＋な＋とき」、「形容詞＋とき」、「名詞＋の＋とき」的形式。表示與此同時並行發生其他的事情。前接動詞辭書形時，跟「するまえ」、「同時」意思一樣，表示在那個動作進行之前或同時，也同時並行其他行為或狀態；如果前面接動詞過去式，表示在過去，與此同時並行發生的其他事情或狀態。可譯作「…的時候…」。

生活 對話

A 私は友だちと旅行に行きました。
我和朋友去了趟旅行。

B 海に行ったんですね。
你們去海邊度了假吧。

重點
動作並行

A ええ、旅行に行ったとき、写真を撮りました。
是呀。旅行的時候拍了照片。

哇！去旅行耶！看到「とき」前接動詞過去式，知道是過去的事情。

去旅行時做了什麼事呢？看後面原來是「写真を撮りました」（拍了照）囉！

文法應用實例

我唸日語的時候，都用詞典。

私は　日本語を　勉強するとき、いつも　辞書を　使います。

★看到「とき」就知道「唸日語」時，同時做了「用詞典」這一動作。

我生病時吃藥。

病気に　なったとき、薬を　飲みます。

★看到「とき」就知道「生病」時，同時做了「吃藥」這一動作。

就在我舉起手的同時，他也舉起手。

私が　手を　上げたとき、彼も　手を　上げた。

★看到「とき」就知道「我舉手」時，同時發生了「他也舉手」這一動作。

track

是「動詞ます形＋ながら」的形式。表示同一主體同時進行兩個動作。這時候後面的動作是主要的動作，前面的動作伴隨的次要動作。可譯作「一邊…一邊…」。

重點　動作並行

生活 對話

A テレビを見ながら、晩御飯を食べます。

我家總是邊看電視邊吃晚飯。

B あっ、うちと同じです。

啊，我家也一樣！

一家人圍著餐桌，邊吃飯邊看電視呢！

這句話知道「一邊吃飯」是大家主要的動作，而這一動作一邊伴隨「看電視」一邊進行的。

文法應用實例

我一邊聽音樂，一邊看書。

音楽を 聞きながら、本を 読みます。

★主要動作「本を読みます」，伴隨「音楽を聞き」這一次要動作。

請不要邊吃東西，邊說話。

食べながら、話さないで ください。

★主要動作「話さないでください」，伴隨「食べながら」這一次要動作。

看著窗外的景色，想事情。

窓から 外を 見ながら、考えた。

★主要動作「考えた」，伴隨「外を見る」這一次要動作。

動詞てから

是「動詞て形＋から」的形式。結合兩個句子，表示前句的動作做完後，進行後句的動作。這個句型強調先做前項的動作。可譯作「先做…，然後再做…」。

生活對話

重點 動作順序

A 歯を磨いてから、寝なさい。
先刷牙，再去睡覺！

B わかったよ。
好啦。

「睡覺」前要幹什麼呢？強調要先「刷牙」啦！

媽媽每天都要叮嚀上一句的！

文法應用實例

先傳真，再打電話。

ファックスを してから、電話を します。

★「電話をします」前要幹什麼呢？強調要先「ファックス」啦！

先看書，再上床睡覺。

本を 読んでから、ベッドに 入ります。

★「ベッドに入ります」前要幹什麼呢？強調要先「本を読む」啦！

先關燈，再出門。

電気を 消してから、うちを 出ます。

★「うちを出ます」前要幹什麼呢？強調要先「電気を消す」啦！

文法 12 動詞たあとで

track

是「動詞た形＋あとで」、「名詞＋の＋あとで」的形式。表示前項的動作做完後，做後項的動作。是一種按照時間順序，客觀敘述事情發生經過的表現。而且前後兩項動作相隔一定的時間發生。可譯作「…以後…」。

生活 對話

重點　動作順序

A お風呂に入ったあとで、ビールを飲みます。
洗完澡以後來罐啤酒。

B 夜はゆっくりできていいですね。
晚上像這樣放鬆一下，真愜意。

對許多日本人而言，洗完澡後喝杯啤酒，可是一種享受呢！

這裡客觀敘述這兩個動作的順序。

文法應用實例

刷牙之後，洗臉。

歯を　磨いたあとで、顔を　洗います。

★「たあとで」表示後做「顔を洗います」動作，先做「歯を磨いた」動作。

放進奶油之後，再放鹽巴。

バターを　入れたあとで、塩を　入れます。

★「たあとで」表示後做「塩を入れます」動作，先做「バターを入れた」動作。

這個做完之後，再做那個。

これが　終わったあとで、それを　やります。

★「たあとで」表示後做「それをやります」動作，先做「これが終わった」動作。

動詞まえに

是「動詞辭書形＋まえに」的形式。表示動作的順序，也就是做前項動作之前，先做後項的動作。句尾的動詞即使是過去式，「まえに」的動詞也要用辭書形。可譯作「…之前，先…」；「名詞＋の＋まえに」的形式。表示空間上的前面，或是某一時間之前。可譯作「…的前面」。

〈生活〉對話

動作順序

A 勉強する前に、プールで泳ぎます。

在用功之前，先到游泳池游泳。

B そうですか。疲れませんか。

是哦，這樣不累嗎？

「讀書」前，
先做什麼呢？

原來是先到
游泳池游泳呢！

 文法應用實例

結婚前買了房子。

結婚する　前に、家を　買いました。

★「まえに」表示後做「結婚する」動作，先做「家を買いました」動作。

睡前刷牙。

寝る　前に、歯を　磨きます。

★「まえに」表示後做「寝る」動作，先做「歯を磨きます」動作。

叫到號碼前，請不要進來。

番号を　呼ぶ　前に、入らないで　ください。

★「まえに」表示沒有先「番号を呼ぶ」，不要做「入る」的動作。

是「動詞普通形＋でしょう」、「形容詞＋でしょう」、「名詞＋でしょう」的形式。
伴隨降調，表示說話者的推測，說話者不是很確定，不像「です」那麼肯定。
常跟「たぶん」一起使用。可譯作「也許…」、「可能…」、「大概…吧」。

生活對話

重點　說話者的推測

A 明日も気温が高いでしょう。
　あした　きおん　たか

明天想必又是高溫的天氣。

B 気温が全然下がりませんね。本当に嫌ですね。
　きおん　ぜんぜんさ　　　　　　　　ほんとう　いや

氣溫根本降不下來，討厭死了。

根據氣象的一些
資料、數據判斷。

明天可能氣溫
很高吧！

文法應用實例

夜晚會下雨吧！

夜は　雨が　降るでしょう。
よる　あめ　　ふ

★夜晚會下雨嗎？用「でしょう」伴隨降調，來表示推測。

她可能在家吧！

彼女は　家に　いるでしょう。
かのじょ　いえ

★她可能在家吧！用「でしょう」伴隨降調，來表示推測。

山田小姐可能馬上來吧！

山田さんは　もうすぐ　来るでしょう。
やまだ　　　　　　　　く

★山田小姐可能馬上來吧！用「でしょう」伴隨降調，來表示推測。

動詞たり、動詞たり

是「動詞た形＋り＋動詞た形＋り＋する」的形式。表示動作的並列，從幾個動作之中，例舉出2、3個有代表性的，然後暗示還有其他的。這時候意思跟「や」一樣。可譯作「又是…，又是…」；還表示動作的反覆實行，說明有這種情況，又有那種情況，或是兩種對比的情況。可譯作「有時…，有時…」。

生活 對話

A 山中さんは日曜日はいつも何をしていますか。

山中先生星期日通常都做些什麼呢？

B 日曜日は、本を読んだり、音楽を聞いたりしています。

我在星期日會看看書、聽聽音樂。

重點
事物自然的變化

比較：

～たり～たりする→動作不是同時發生，只表示各種動作。

ながら→兩個動作同時做。

星期假日都做些什麼消遣呢？

用「たり～たりする」暗示還有其他的動作，譬如「看電視」之類的。

文法應用實例

盒子一下子打開，一下子蓋上。

箱を 開けたり、閉めたりする。

★表示反覆進行「開ける」跟「閉める」這兩個動作。

昨晚又颱風，又下雨的。

夕べは 風が 吹いたり、雨が 降ったりしました。

★表示並列「吹く」跟「降る」這兩個動作。

星期天又是買東西，又是看電影，真是快樂。

日曜日は 買い物を したり、映画を 見たりして、楽しかったです。

★表示並列「買い物をする」跟「映画を見る」這兩個動作。

形容詞く＋なります

表示事物的變化。同樣可以看做一對的還有自動詞「なります」和他動詞「します」。它們的差別在，「なります」的變化不是人為有意圖性的，是在無意識中物體本身產生的自然變化；「します」表示人為的有意圖性的施加作用，而產生變化。形容詞後面接「なります」，要把詞尾的「い」變成「く」。

生活 對話

重點 事物自然的變化

A 高橋さん、顔が赤くなりましたね。
たかはし　　かお　あか

高橋先生，您臉紅了。

B ええ、おいしいお酒をたくさんいただいたので。
　　　　　　　さけ

是啊，因為喝了很多美酒。

因為喝太多酒了。

人的身體在自然的情況下，就會變紅。所以用「なります」。

文法應用實例

水變髒了。

水が 汚く なりました。
みず　　きたな

★ 「水」是在自然的現象下變髒的，用自動詞「なりました」。

風變強了。

風が 強く なりました。
かぜ　　つよ

★ 「風」是在自然的現象下變強的，用自動詞「なりました」。

傍晚變涼快了。

夕方は 涼しく なりました。
ゆうがた　すず

★ 「傍晚」是在自然的現象下變涼快的，用自動詞「なりました」。

形容動詞に＋なります

表示事物的變化。如上一單元說的，「なります」的變化不是人為有意圖性的，是在無意識中物體本身產生的自然變化。形容詞後面接「なります」，要把語尾的「だ」變成「に」。

重點 事物自然的變化

生活 對話

A 花子さんはきれいになりました。
花子小姐變漂亮了。

B まあ、本当に可愛いですね。
哇，真的好可愛唷。

人說女大十八變。

花子以前還是個小黃毛丫頭，不知不覺一長大就變漂亮了。所以用「なります」。

文法應用實例

這城鎮變方便了。

この　町が　便利に　なりました。

★城鎮本身產生的自然變化，用自動詞「なりました」。

隔壁的人變安靜了。

隣の　人が　静かに　なりました。

★隔壁鄰居本身產生的自然變化，用自動詞「なりました」。

身體硬朗起來了。

体が　丈夫に　なった。

★身體本身產生的自然變化，用自動詞「なりました」。

表示事物的變化。如前面所說的，「なります」的變化不是人為有意圖性的，是在無意識中物體本身產生的自然變化，是人無法用意志控制的。名詞後面接「なります」，要先接「に」再加上「なります」。

生活 對話

重點
有意圖的
使其變化

A 彼女は病気になりました。

她生病了。

B あら、病気ですか。いけませんね。

咦，生病了嗎？真糟糕。

因為工作過度，
所以生病了。

在過度工作的情況下，
人的身體自然就會產
生病變。因此用「な
ります」。

文法應用實例

他成了醫生。

彼は 医者に なりました。

★他成了「医者」這是他本身產生的自然的變化，用自動詞「なります」。

那裡的冬天氣溫是零度。

そこは、冬は 零度に なります。

★在無意識中，冬天氣溫是「零度」這個事物自然的變化，用自動詞「なります」。

田中先生今年20歲了。

田中さんは ことし 二十歳に なりました。

★他今年「二十歳」這是他本身產生的自然的變化，用自動詞「なります」。

表示事物的變化。跟「なります」比較，「なります」的變化不是人為有意圖性的，是在無意識中物體本身產生的自然變化；而「します」是表示人為的有意圖性的施加作用，而產生變化。形容詞後面接「します」，要把詞尾的「い」變成「く」。

生活 對話

重點
有意圖的
使其變化

A 髪の毛を短くしました。
我把頭髮剪短了。

B あら、可愛いですね。でも女の子にはちょっと短くないですか。
哇，很可愛耶！不過，以女孩來說，這樣會不會太短了？

夏天快到了，一頭長髮就是感到熱。沒關係剪個俏麗的短髮不就好了。

頭髮由長變短，這是人為的有意圖性的，所以用「します」。

文法應用實例

把桌角修圓。

机の 角を 丸く しました。

★人為有意圖把桌角「丸くしました」（修圓了），用他動詞「します」。

把房間弄亮。

部屋を 明るく しました。

★人為有意圖把房間「明るくしました」（弄亮了），用他動詞「します」。

把褲子改短。

ズボンを 短く しました。

★人為有意圖把褲子「短くしました」（改短了），用他動詞「します」。

形容動詞に＋します

表示事物的變化。如前一單元所說的，「します」是表示人為的有意圖性的施加作用，而產生變化。形容動詞後面接「します」，要把詞尾的「だ」變成「に」。

生活 對話

重點
有意圖的
使其變化

A 花子を有名にしました。
はなこ ゆうめい

是我讓花子聲名大噪。

B じゃあ、僕にも有名にしてください。
ぼく ゆうめい

那麼，也請您幫助我一舉成名吧。

美貌又多才多藝
的花子，讓經紀
人看上了。

經過經紀公司的
精心安排，花子
成了名人。

花子成為名人，
是人為有意圖地
去改變的，所以
用「します」。

文法應用實例

把房間打掃乾淨了。

部屋を きれいに しました。
へ や

※ 人為有意圖把房間「き
れいにしました」(打掃
乾淨了)，用他動詞「し
ます」。

使這個城鎮變得方便。

この 町を 便利に しました。
まち べん り

★人為有意圖使這個城鎮「便利にしました」(變得方便了)，用他動詞「します」。

讓她成名。

彼女を 有名に しました。
かのじょ ゆうめい

★人為有意圖使她有名氣「有名にしました」(成名了)，用他動詞「します」。

名詞に＋します

表示事物的變化。再練習一次「します」是表示人為的有意圖性的施加作用，而產生變化。名詞後面接「します」，要先接「に」再接「します」。

生活 對話

重點
有意圖的
使其變化

A 子供を 医者に しました。
我把孩子栽培成醫生。

B 大変だったでしょうが、 すごいですね。
想必很不容易，真不簡單。

天下父母心，很多人都希望小孩成為醫生。

孩子成為醫生，是父母意圖性的加以改變。所以用「します」。

文法應用實例

把桌子改成書架。

机を 本棚に しました。🔊

★人為有意圖把桌子「本棚にしました」（改成書架了），用他動詞「します」。

讓小孩成為醫生。

子供を 医者に しました。🔊

★人為有意圖把小孩「医者にしました」（成為醫生了），用他動詞「します」。

把花子變成女朋友。

花子を 彼女に しました。🔊

★人為有意圖把花子「彼女にしました」（變成女朋友了），用他動詞「します」。

track♫ 和動詞句一起使用，表示行為、事情到了某個時間已經完了。用在疑問句的時候，表示詢問完或沒完。可譯作「已經…了」。

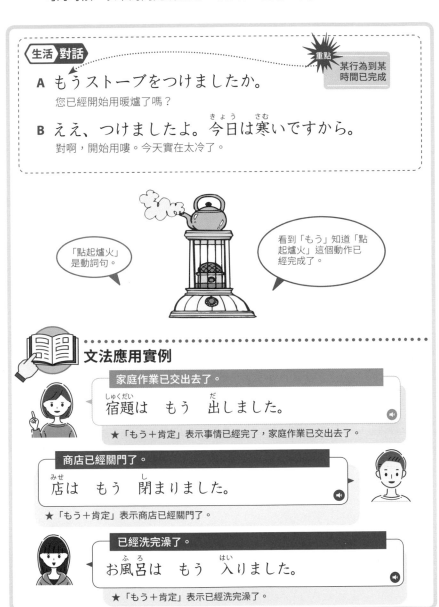

生活 對話

重點 某行為到某時間已完成

A もうストーブをつけましたか。

您已經開始用暖爐了嗎？

B ええ、つけましたよ。今日は寒いですから。

對啊，開始用嘍。今天實在太冷了。

「點起爐火」是動詞句。

看到「もう」知道「點起爐火」這個動作已經完成了。

文法應用實例

家庭作業已交出去了。

宿題は　もう　出しました。

★「もう＋肯定」表示事情已經完了，家庭作業已交出去了。

商店已經關門了。

店は　もう　閉まりました。

★「もう＋肯定」表示商店已經關門了。

已經洗完澡了。

お風呂は　もう　入りました。

★「もう＋肯定」表示已經洗完澡了。

もう＋否定

「否定」後接否定的表達方式，表示不能繼續某種狀態了。一般多用於感情方面達到相當程度。可譯作「已經不…了」。

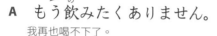

生活 對話

A もう飲みたくありません。
我再也喝不下了。

B お兄ちゃん、飲みすぎですよ。
小兄弟，你喝太多嚕。

> 重點
> 不能繼續某狀態了

哇！吃得肚子這麼圓！

看到「もう」後接否定的方式，知道這已經達到極限了，沒辦法再吃了。

文法應用實例

已經沒有咖啡了。

コーヒーは　もう　ありません。

★「もう＋否定」知道這已經達到極限了，已經沒有咖啡了。

我已經不是小孩子了。

私は　もう　子供では　ありません。

★「もう＋否定」知道已經不是小孩子了。

她已經不在這裡了。

彼女は　もう　ここには　いません。

★「もう＋否定」知道她已經不在這裡了。

文法 24 まだ＋肯定

track

表示同樣的狀態，從過去到現在一直持續著。可譯作「還…」。也表示還留有某些時間或東西。可譯作「還有…」。

A ねえ、木村さんはまだ。
等等，木村先生還沒跟上。

B えっと、木村さんはまだ向こうにいます。
我看看……木村先生還在對面。

重點 同狀態一直持續著

木村先生之前就在河的那邊。

現在「まだ」（還）在那邊呢！

文法應用實例

我還在看這本書。

この 本は まだ 読んで います。

★「まだ＋肯定」表同樣狀態一直持續著，我還在看這本書。

還有牛奶。

牛乳は まだ あります。

★「まだ＋肯定」表同樣狀態一直持續著，還有牛奶。

天色還亮。

空は まだ 明るいです。

★「まだ＋肯定」表同樣狀態一直持續著，天色還亮著。

Chapter8 應用在句中

| 173

track♫ 表示預定的事情或狀態，到現在都還沒進行，或沒有完成。可譯作「還（沒有）…」。

生活 對話

A お父さんはいますか。
請問令尊在家嗎？

重點
預定的狀態
等還沒進行

B いいえ、父はまだ帰っていません。
家父不在，還沒回來。

爸爸應該要回來了。

但是還沒回來，用「まだ」後接否定來表示。

文法應用實例

什麼飲料都還沒喝。

まだ、なにも 飲んで いません。

★「まだ＋否定」表示飲料應該要喝，但是都還沒喝。

還沒記住片假名。

片仮名は まだ 覚えて いません。

★「まだ＋否定」表示片假名應該要記住，但是還沒記住。

我還沒買車。

まだ 車を 買って いません。

★「まだ＋否定」表示車應該要買，但是還沒買車。

～という名詞

track 表示說明後面這個事物、人或場所的名字。一般是說話人或聽話人一方，或者雙方都不熟悉的事物。可譯作「叫做…」。

生活 對話

A 壁に掛けてあるのは何の絵ですか。
　請問掛在牆上的這一幅是什麼畫作？

重點 前者說明後者的名稱

B これは「ひまわり」という絵です。
　這幅畫的名稱是《向日葵》。

這是什麼「畫」呢？
解說員介紹給參觀者。

這幅畫叫「向日葵」。

文法應用實例

這叫什麼花？

これは　なんという　花ですか。

★「という + 花」表示說明後面這個「花」的名字。

那位先生叫小林。

あちらは　小林さんという　方です。

★「という + 方」表示說明後面這個「方」的名字。

大學老師的工作，是很辛苦的。

大学の　先生という　仕事は　大変です。

★「という + 仕事」表示說明後面這個「仕事」的內容。

つもり

是「動詞辭書形＋つもり」的形式。表示打算作某行為的意志。這是事前決定的，不是臨時決定的，而且想做的意志相當堅定。可譯作「打算」、「準備」。相反地，不打算的話用「動詞ない形＋つもり」的形式。

生活 對話

A 3週間ぐらい、旅行するつもりです。
さんしゅうかん　　　　りょこう

我計畫去旅行3星期左右。

重點
打算做某行為的意志

B いいですね。よい旅を。
たび

真好。祝你旅途愉快。

好不容易的一趟旅行，一定要好好計畫喔！

「旅行3個禮拜左右」，是事前堅決的打算。

 文法應用實例

暑假我打算去打工。

夏休みに　アルバイトを　する　つもりです。
なつやす

★這裡的「暑假打算去打工」，是事前堅決的打算。

過年我打算不回老家。

お正月に　実家に　帰らない　つもりです。
しょうがつ　　じっか　　かえ

★「過年我打算不回老家」，是事前堅決的打算。

明年我打算到日本留學。

来年、日本に　留学する　つもりです。
らいねん　にほん　　りゅうがく

★「明年我打算到日本留學」，是事前堅決的打算。

～をもらいます

表示從某人那裡得到某物。「を」前面是得到的東西。給的人一般用「から」或「に」表示。可譯作「取得」、「要」、「得到」。

生活 對話

重點
從某人得到
某東西

A 娘から手紙をもらいました。

我收到了女兒的來信。

B いいですね。嬉しいでしょうね。

不錯嘛,想必很高興吧?

從這句話的意思知道,收到這封信的不是母親就是父親。

「を」前面是收到的東西「信」,「から」表示寄出的人是「女兒」。

文法應用實例

父親給我這輛自行車。

私は 父から 自転車を もらいました。 🔊

★「を」前面是收到的東西「自転車」,「から」表示送的人是「父」。

朋友送我巧克力。

友達から チョコレートを もらいました。 🔊

★「を」前面是收到的東西「チョコレート」,「から」表示送的人是「友達」。

他送我花。

彼から お花を もらった。 🔊

★「を」前面是收到的東西「お花」,「から」表示送的人是「彼」。

〜に〜があります／います

表示某處存在某物或人。也就是無生命事物，及有生命的人或動物的存在場所，用「（場所）に（物）があります（人）がいます」。表示事物存在的動詞有「あります・います」，無生命的自己無法動的用「あります」；「います」用在有生命的，自己可以動作的人或動物。可譯作「某處有某物或人」。

生活 對話

A 台所には誰がいますか。
有人在廚房嗎？

重點
某處存在某人或物

B 台所に母がいます。
是媽媽在廚房。

存在的廚房用「に」表示。

「媽媽」是有生命物體，所以用「います」。

文法應用實例

桌上有照相機。

机に カメラが あります。

★存在的桌上用「に」表示，「カメラ」是無生命體用「あります」。

圖書館裡有報紙。

図書館に 新聞が あります。

★存在的圖書館用「に」表示，「新聞」是無生命體用「あります」。

房間裡有隻貓。

部屋に 猫が います。

★存在的房間用「に」表示，「猫」是有生命體用「います」。

track ♫

文法 30 ～は～にあります／います

表示某物或人，存在某場所用「（物）は（場所）にあります／（人）は（場所）にいます」。可譯作「某物或人在某處」。

生活 對話

A 料理の本はどこにありますか。

請問什麼地方有食譜呢？

重點
某物或某人
存在某處

B 料理の本は図書館にあります。

圖書館有食譜。

存在的書本用「は」表示。

存在的地方除了用場所助詞「に」表示，後面要用動詞「あります」。

文法應用實例

相機有在桌上嗎？

カメラは 机に ありますか。

貓在房間裡。

猫は 部屋に います。

★存在的房間用「に」表示，「猫」是有生命體用「います」。

媽媽在廚房。

母は 台所に います。

※ 存在的廚房用「に」表示，「母」是有生命體用「います」。

だい8かい　テスト

I　問題（　）の　ところに　なにを　いれますか。1・2・3・4から
いちばん　いい　ものを　1つ　えらびなさい。

001　えんぴつで　かかない（　）ください。
□　①に　　②で　　③を　　④と

002　ちょっと　ノートを　みせ（　）ください。
□　①に　　②て　　③を　　④と

003　「あした、えいがに　いきませんか。」「いいですね。じゃあ、
□　　3じに　えきで　あい（　）。」
　　①ません　　②ました　　③ます　　④ましょう

004　「あ、もう　6じですね。（　）か。」「そうですね。じゃあ、
□　　また　あした。」
　　①かえりました　　　　②かえりましょう
　　③かえりませんでした　　④かえった

005　えきへ　（　）ですが、バスが　ありません。
□　①いきます　　②いきほしい　　③いきたい　　④いきましょう

006　すみません、じしょを　かして（　）。
□　①くれました　　②くださいません　　③くださいませんか
　　④くださいました

007　すみません、　コーヒー（　）　ください。
□　①に　　②で　　③を　　④と

008　にほんごの　うたを　うたい（　）です。　おしえて　くださ
□　い　ませんか。
　　①ます　　②たい　　③ほしい　　④て

009　にほんごは　むずかしいです（　）、　おもしろいです。
□　①し　　②と　　③が　　④で

180

010 ばんごはんを　たべた（　　）、おふろに　はいりました。
□　① まえに　　② あとで　　③ ながら　　　④ て

011 （　　）とき、つめたい　コーヒーを　のみます。
□　① あつい　　② あついの　　③ あついだ　　　④ あつかった

012 （　　）ながら　たべてはいけません。
□　① あるいて　　② あるきました　　③ あるきます　　④ あるき

013 いつも　てを（　　）から、しょくじを　します。
□　① あらう　　② あらって　　③ あらった　　　④ あらいます

014 しゅくだいを　　（　　）あとで、てがみを　かきます。
□　① した　　② する　　③ して　　④ しない

015 あのひとは　たぶん（　　）でしょう。
□　① せんせい　　② せんせいだ　　③ せんせいです　　④ せんせいで

016 てんきが　　（　　）なりました。
□　① いいに　　② よくに　　③ よく　　④ いい

017 「（　　）しゅくだいを　しましたか。」「いいえ、まだです。」
□　① まだ　　② いつも　　③ なんの　　④ もう

018 ねつが　あったから、くすりを　　（　　）、はやく　ねました。
□　① のみました　　② のんで　　③ のみます　　④ のみましたから

019 「もう　かえりましょうか。」「（　　）　はやいですよ。もうす
□　こし　あそびましょう。」
　　① まだ　　② もう　　③ いつ　　④ なんで

020 「たなかさんは　どこですか。」「（　　）いえに　かえりましたよ。」
□　① もう　　② いつも　　③ そう　　④ まだ

021 きのう　かぜを（　　）、がっこうを　やすみました。
□　① ひきました　　② ひいた　　③ ひいて　　④ ひきます

022 あめが やんで、そらが （　　）なりました。
① あかるい　　② あかるいく　　③ あかるくて　　④ あかるく

Ⅱ　問題　どの　こたえが　いちばん　いいですか。1・2・3・4からい
ちばん　いいものを　一つ　えらびなさい

001 「きょうは　なにを　しますか。」「しゅくだいを　（　　）あと
□　でテレビ　をみます。」
① する　　② して　　③ した　　④ すんで

002 「しゅくだいは（　　）おわりましたか。」「いいえ　まだです。」
□　① まだ　　② もう　　③ あとで　　④ までに

003 「ねつが　あります。」「じゃあ、くすりを　（　　　）　はやく
□　ねてください。」
① のみて　　　② のみます　　③ のみました　　④ のんで

Ⅲ　問題　どの　こたえが　いちばん　いいですか。1・2・3・4から
いちばん　いい　ものを　えらびなさい。

001 A「よる、そとへ　いって　いいですか。」
□　B「あぶないですから、（　　　　　　）。」
① いって　ください　　② いかないで　ください
③ いきましょう　　　　④ いかないでしょう

002 A「あついですね。」　　　B「じゃ（　　　　　　）。」
□　① クーラーを　つけましょう　　② クーラーを　あけましょう
③ クーラーを　とめましょう　　④ クーラーを　しめましょう

003 A「コーヒーが　のみたいですね。」
□　B「そうですね。じゃ、しごとが　おわった（　）、きっさてんへ
いきましょう。」
① あとで　　② まえで　　③ あとへ　　④ まえに

Chapter 09

讓句子更生動的

副詞

● 副詞

說明用言（動詞、形容詞、形容動詞）的狀態和程度，屬於獨立詞而沒有活用，主要用來修飾用言的詞叫副詞。

副詞的構成有很多種。這裡著重舉出下列五種：

1. 一般由兩個或兩個以上的平假名構成

ゆっくり ／ 慢慢地

とても ／ 非常

よく ／ 好好地，仔細地

ちょっと ／ 稍微

2. 由漢字和假名構成

未だ（まだ）／ 尚未

先ず（まず）／ 首先

既に（すでに）／ 已經

3. 由漢字重疊構成

色色（いろいろ）／ 各種各様

青青（あおあお）／ 綠油油地

広広（ひろびろ）／ 廣闊地

4. 形容詞的連用形構成副詞

厚い（あつい）→厚く（あつく）

赤い（あかい）→赤く（あかく）

白い（しろい）→白く（しろく）

面白い（おもしろい）→面白く（おもしろく）

5. 形容動詞的連用形「に」構成副詞

静か（しずか）→静かに（しずかに）／ 安靜地

綺麗（きれい）→綺麗に（きれいに）／ 整潔地

以內容分類有：

1. 表示時間、變化、結束

まだ ／ 還

もう ／ 已經

すぐに ／ 馬上，立刻

だんだん ／ 漸漸地

2. 表示程度

あまり～ない ／ 不怎麼…　　　とても ／ 非常

すこし ／ 一點兒　　　　　　　ほんとうに ／ 真的

たいへん ／ 非常　　　　　　　もっと ／ 更加

ちょっと ／ 一些　　　　　　　よく ／ 很，非常

3. 表示推測、判斷

たぶん ／ 大概

もちろん ／ 當然

4. 表示數量

おおぜい ／ 許多

すこし ／ 一點兒

ぜんぶ ／ 全部

たくさん ／ 很多

ちょっと ／ 一點兒

5. 表示次數、頻繁度

いつも ／ 經常，總是　　　　　また ／ 又，還

たいてい ／ 大多，大抵　　　　もう一度（もういちど） ／ 再一次

ときどき ／ 偶而　　　　　　　よく ／ 時常

はじめて ／ 第一次

6. 表示狀態

ちょうど ／ 剛好

まっすぐ ／ 直直地

ゆっくり ／ 慢慢地

あまり〜ない

track ♫　「あまり」下接否定的形式，表示程度不特別高，數量不特別多。在口語中加強語氣說成「あんまり」。可譯作「(不) 很」、「(不) 怎樣」、「沒多少」。

生活 對話

A 土曜日は忙しいですか。

您星期六忙嗎？

重點　程度不高

B 土曜日はあまり忙しくないです。

星期六不怎麼忙。

「星期日」怎麼樣呢？

「不怎麼忙」啦！

文法應用實例

今天不怎麼冷。

今日は　あまり　寒く　なかったです。

★「あまり」後接「寒くなかった」表示寒冷的程度並不高。

我不怎麼喜歡狗。

犬は　あまり　好きでは　ありません。

★「あまり」後接「好きではありません」表示不怎麼喜歡。

我不怎麼看日本電影。

日本の　映画は　あまり　見ません。

★「あまり」後接「見ません」表示不怎麼看。

Chapter **10**

負責連接組合的

接續詞

● 接續詞

接續詞介於前後句子或詞語之間，起承先啟後的作用。接續詞按功能可分類如下：

把兩件事物用邏輯關係連接起來的接續詞。

1. 表示順態發展。根據對方說的話，再說出自己的想法或心情。或用在某事物的開始或結束，以及與人分別的時候。如：

それでは
那麼

A：この　くつ、ちょっと　大_{おお}きいですね。
這雙鞋子，有點大耶！

B：それでは　こちらは　いかがでしょうか。
那麼，這雙您覺得如何？

それでは、さようなら。
那麼，再見！

2. 表示轉折關係。表示後面的事態，跟前面的事態是相反的。或提出與對方相反的意見。如：

しかし
但是

時間_{じかん}は　あります。しかし　お金_{かね}が　ない。
我有時間，但是沒有錢。

3. 表示讓步條件。用在句首，表示跟前面的敘述內容，相反的事情持續著。比較口語化，比「しかし」說法更隨便。如：

でも
不過

たくさん　食_たべました。でも　すぐ　お腹_{なか}がすきました。
吃了很多，不過肚子馬上又餓了。

分別敘述兩件以上事物時使用的接續詞

1. 表示動作順序。連接前後兩件事情，表示事情按照時間順序發生。如：

例

そして
接著

それから
然後

食事を して、そして歯を 磨きます。
用了餐，接著刷牙。

- -

昨日は 映画を 見ました。それから 食事
をしました。
昨天看了電影，然後吃了飯。

2. 表示並列。用在列舉事物，再加上某事物。如：

例

そして
還有

それから
還有

彼女は 頭が良いです。{そして／それから}
かわいいです。
她很聰明，也很可愛。

解答

だい 1 かい　テスト

問題 I
① 2　が
② 4　に
③ 2　に
④ 2　で
⑤ 2　で
⑥ 2　で
⑦ 4　で
⑧ 3　と
⑨ 3　と
⑩ 4　に
⑪ 1　まで
⑫ 2　は
⑬ 4　しか
⑭ 2　しか
⑮ 2　は
⑯ 2　も
⑰ 3　と
⑱ 2　が
⑲ 1　ぐらい

問題 II
① 3　で
② 2　や
③ 2　ね
④ 3　も
⑤ 3　と

問題 III
① 2
② 3
③ 1
④ 4
⑤ 2

だい 2 かい　テスト

問題 I
① 2　じゅう
② 1　ごろ
③ 3　じゅう
④ 2　たち
⑤ 2　ごろ

問題 II
① 2　じゅう
② 3　ごろ
③ 2　から
④ 4　じゅう

問題 III
① 3
② 1
③ 3

だい 3 かい　テスト

問題 I
① 3　なに
② 3　だれ
③ 1　いつ
④ 2　なに
⑤ 2　いくら
⑥ 3　どなた
⑦ 1　なぜ
⑧ 3　なにか
⑨ 2　いくら
⑩ 3　どこか
⑪ 2　だれも
⑫ 2　だれも

問題 II
① 4　どうして
② 4　だれが
③ 2　なにで

問題 III
① 3
② 3

③ 4
④ 3

だい 4 かい　テスト

問題 I
① 4　どこ
② 2　あの
③ 2　どの
④ 1　どちら

問題 II
① 1　あの
② 3　これ
③ 4　どの
④ 4　どちら

問題 III
① 2
② 2
③ 4

だい 5 かい　テスト

問題 I
① 1　ではありません
② 3　で
③ 2　あかるく
④ 4　おもしろい
⑤ 3　で
⑥ 2　おおきく
⑦ 3　あたらしくて
⑧ 4　ちいさいの
⑨ 2　はやく
⑩ 4　しんせつな
⑪ 2　ひろいの
⑫ 4　あつくて
⑬ 2　きれいなの
⑭ 3　よく
⑮ 4　つめたい

問題II
① 3 つめたい
② 4 よく
③ 3 おいしい
④ 4 ハンサムな

問題III
① 4
② 4
③ 1
④ 2
⑤ 4

だい6かい　テスト

問題I
① 1 を
② 3 が
③ 2 おきて
④ 4 でています
⑤ 2 おいてあります
⑥ 2 みないで

問題II
① 3 みないで
② 2 いっています
③ 4 しらべて
④ 3 たべて

問題III
① 2
② 3
③ 3
④ 2

だい7かい　テスト

問題I
① 1 の
② 2 で

③ 3 あめ
④ 2 の

問題II
① 1 の
② 4 がくせい
③ 3 と
④ 3 の

問題III
① 3
② 2
③ 1
④ 3

だい8かい　テスト

問題I
① 2 で
② 2 て
③ 4 ましょう
④ 2 かえりましょう
⑤ 3 いきたい
⑥ 3 くださいませんか
⑦ 3 を
⑧ 2 たい
⑨ 3 が
⑩ 2 あとで
⑪ 1 あつい
⑫ 4 あるき
⑬ 2 あらって
⑭ 1 した
⑮ 1 せんせい
⑯ 3 よく
⑰ 4 もう
⑱ 2 のんで
⑲ 1 まだ
⑳ 1 もう
㉑ 3 ひいて

㉒ 4 あかるく

問題II
① 3 した
② 2 もう
③ 4 のんで

問題III
① 2
② 1
③ 1

日本語初級
135 個 文法
超圖解 ……☞ 25 K

 + MP3

實用日語 06

發行人	林德勝
著者	西村惠子、山田玲奈、林太郎
出版發行	山田社文化事業有限公司
	地址 臺北市大安區安和路一段112巷17號7樓
	電話 02-2755-7622 02-2755-7628
	傳真 02-2700-1887
郵政劃撥	19867160號 大原文化事業有限公司
總經銷	聯合發行股份有限公司
	地址 新北市新店區寶橋路235巷6弄6號2樓
	電話 02-2917-8022
	傳真 02-2915-6275
印刷	上鎰數位科技印刷有限公司
法律顧問	林長振法律事務所 林長振律師
定價	新台幣329元
初版	2022年09月

朗讀QR Code

© ISBN : 978-986-246-706-0
2022, Shan Tian She Culture Co. , Ltd.